いじわる社長と料理人

みとう鈴梨

幻冬舎ルチル文庫

CONTENTS ✦目次✦

いじわる社長と料理人

✦カバーデザイン＝齊藤陽子（CoCo.Design）
✦ブックデザイン＝まるか工房

イラスト・三池ろむこ✦

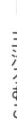

いじわる社長と料理人

重ねて束にすると一センチの厚みになった写真に、戸宇堂《とうどう》の溜息《ためいき》が落ちた。

めでたいことに、戸宇堂が会社を設立して五年。節目を祝うパーティーが先日行われたのだが、その写真が広報担当者から送られてきたのだ。

いつも以上にイケメンに撮れてますよ。

なんて言われたが、所詮《しょせん》見飽きた自分の顔だ。招待客や社員相手に、完璧《かんぺき》な愛想笑いで応じる姿があらゆる角度で撮られているだけの写真など、五枚目あたりでもう飽きがくる。

それでも、すべての写真に目を通し、捨てたところで問題なさそうな写真しかないことを確認すると、戸宇堂は傍《そば》に置いてあったシュレッダーのスイッチを押した。

写真を取り込み口に食《は》ませると、写真の中の戸宇堂の顔が粉々に千切《ちぎ》れていく。

頬骨《ほおぼね》が高く、額《ひたい》の秀でた戸宇堂の顔立ちは昔から老けてみられたが、若き社長といってはやされても、あまり舐《な》められずにすんで助かっている。三十になる今年、ようやく容姿に年齢が追いついてきた感もあるが、美容品の会社であるこの株式会社ベルドゥジュールを立ちあげてからは、自社製品を自分で使っていることもあり、食うに困っていた苦学生時代よりはるかに肌艶《はだつや》のほうは若々しい。

額の真ん中で分けた黒髪は、ブランドもののメガネのつるに耳にひっかけ、なるべく細身の、けれども地味なスーツを着る。シャツは白、ネクタイだけは少し可愛《かわい》げのあるものを……。ささいな身だしなみに至るまで、女性受けと、一般的な会社の取引相手の受け、両方を意識しているのだが、そういう気遣いももう、戸宇堂にとっては食事や睡眠と同じくらい、身に染みついたものとなりつつある。

社会的地位も、金も手にいれ、容姿にも恵まれているし、自分の身支度一つとっても迷わず一流のもので揃《そろ》えることができる。

そういう自分が決して嫌いではないが、その成功している一瞬であろうパーティーの写真に写る自分の姿を切り刻む戸宇堂の表情に、躊躇《ちゅうちょ》の色はない。

長引くシュレッダーの回転音に、社長室の片隅から抗議のうめき声があがった。

「おい、うるさいぞ戸宇堂……また腹の虫でも鳴いてるのか？」

「いや、広報が写真を持ってきてくれたから、シュレッダーにかけているところだ」

正直に答えたとたんに応接用のソファーが揺れ、今まで泥のように眠っていた男が飛び起きた。寝癖だらけの髪に無精ひげ。しかし、そんな不格好が似合う彫りの深い顔立ちの男が、薄汚れた白衣の前をかきあわせながら戸宇堂の目の前までやってくる。

「なんでお前はそうやってすぐに写真捨てるんだ。俺がもらう」

「……喜野《きの》、前から思ってたんだが、お前に写真をやるのと、シュレッダーにかけるのと、そんなに変わらないとは思わないか？」

ベルドゥジュールの発起人は二人。戸宇堂と、そして今目の前にいる喜野だ。

会社役員でもあり、ベルドゥジュールのヒット商品すべての開発に携わる喜野は、その功績がなければ許されないだろうほどにマイペースで、月の半分はこの社長室のソファーでのんべんだらりと日向《ひなた》ぼっこをしている。

そろそろソファーがへたってきた。買い替えるときは、経費ではなく喜野に自腹で払わせようか。そんなことを考えながら、戸宇堂はメガネのブリッジを押しあげた。

すでに、喜野の私物置き場には、戸宇堂が捨てようとした写真のみならず、廃棄予定だったほかの同僚の写真類も積み重なって、埃《ほこり》が積もり蜘蛛《くも》が巣を張っていたとの報告も受けている。

ならばまだ、自分の笑顔の記録を切り刻むほうが有意義だ。

「戸宇堂、埃の積もった写真もいつかはアルバムに収めることはできるが、シュレッダーにかけたら二度と見ることができないんだぞ？」

「世の中で役に立つ写真は証明写真くらいだ。スナップ写真なんか、増えるだけ増えて大した役には立たないじゃないか」

そう言いながら、ひたすらシュレッダーに写真を消化させていると、喜野がそのスイッチを切った。

「おい見ろ、お前が変なところで止めるから、俺の顔が悲惨な場所で千切れてる」

「シュレッダーの受け取り口にはミンチのお前でいっぱいだ。とにかく、写真は俺が預かる。俺は大人になってようやく手にいれた、平和な日々のワンショットを大事に置いておきたい派なんだ」

「若い頃苦労した仲間だと思っていたのに、今亀裂を感じるよ。俺は、ようやく手にいれた平和な日々を未来につなげるために、写真など見返さない派だ」

昔から、戸宇堂は写真とは無縁だ。家族写真の一枚も持っていないし、学校でときおり強制的に集合写真を撮らされる以外、意識して被写体になることもなかった。

欲しいと思ったことさえない。

大事なものをいかに自分の力で維持していくか。そんなことばかり考える戸宇堂にとって、記憶媒体に残ったものなど所詮過ぎ去った過去でしかないのだ。

邪魔にしかならないのだから捨ててしまいたいのに、喜野は妙なときに頑固になる。

写真にうつつを抜かすより、新商品の企画を早くあげてくれ、と言いかけたそのときだった。

にわかに社長室の扉の向こうが騒がしくなり、耳なじみのある社員の声で「ちょっと、警察を呼びますよ!」という物騒な言葉まで聞こえてきた。

それと同時に、重たい社長室の扉が何者かに、ドン、と殴られる。

「失礼しまっす!」

元気すぎる声とともに、勢いよく扉は開かれた。条件反射で戸宇堂は立ちあがる。

どうやら、先ほどの打撃音はノックのつもりだったらしい。

蹴破《けやぶ》るような勢いで開かれた扉の向こうには、若い男が一人。それと、その侵入を阻止しようとしている社員が二人。

若い男の姿に見覚えがあった。

思わず、舌打ちが漏れそうになる。世の中には、スナップ写真が役に立つこともあるらしい。

「あの、社長っ」

男を止めきれず、うろたえている社員に戸宇堂は声をかけた。

「いい、君たちは仕事に戻りなさい。一応、ビルの警備員には連絡しておいてくれ」

「よ、よろしいんですか？」

「私がいいと言っている」

中年社員は安堵《あんど》の溜息をもらすと乱れたネクタイを締めなおし、部屋を去っていく。

ちらちらとこちらを振り返る社員の仕草から、心配してくれている空気を感じるものの、戸宇堂はそれにかまっている余裕はなかった。

社長室に入ってきた若い男を生で見るのは初めてだ。

しかし、ごく最近、なじみの男が見せてくれた携帯電話の待ち受け画面のおかげで、嫌というほど知っている。

「あんたが戸宇堂社長?」

若い男の無礼な第一声に、戸宇堂は鼻で笑ってしまった。

——可愛い奴だが……馬鹿《ばか》でアホで能天気。いつまでたってもガキくさい。

目の前の男をそう称したのは、何を隠そう男の父親だ。

縁があって、戸宇堂は会社を運営する傍ら、あるフランス料理店のオーナーをしている。料理長は相原《あいはら》という男で、寡黙で不器用、年季のはいった職人肌の六十歳。

遅くにでき、そして離婚後は親権をとられてしまった一人息子を大層可愛がっているようだが、そんな彼をしても、息子は庇《かば》いようがない程度に馬鹿なのだと、今まさに本人が証明しにきてくれたようなありさまだ。

戸宇堂の苦笑に嘲《あざけ》りの色を感じ取ったらしく、男が気色ばんだ。

「何笑ってんだよ」

「おい君、人の会社に乱暴に押し入っておきながら、つまみ出されないだけでも感謝してもらいたいところなのに、なんだその態度は」

口の端に笑みを浮かべたまま、戸宇堂は冷たく言い放った。

その隙《すき》に、喜野がそっと戸宇堂の手から写真をとりあげてソファーへ逃げてしまうが、仕方がない。それよりも目の前の男だ、とばかりに戸宇堂が追い打ちをかけようとしたところで、相原の息子はぐっと唇を噛《か》んで、意外にも深く頭を下げた。

「そ、それは俺が悪かったよ！　急にすいません。俺、相原の息子で、巳口優里《みぐちゆうり》っていいます。父がいつもお世話になってます。これ、俺が働いてるレストランの名刺」

ぱっと差し出された名刺を、戸宇堂は反射的に受け取りながらも、ひたすら男の容貌《ようぼう》や仕草に注目した。

口ぶりは相変わらずだが、喧嘩《けんか》を売りにきたわけではないようだ。

巳口。相原の元妻の姓を名乗る男は、毛先の跳ねた茶髪頭を再びあげ、ぐっと戸宇堂を睨《にら》んできた。本人は真剣な表情のつもりなのかもしれない。

太い眉《まゆ》に、大きな口。くっきりと二重の瞼《まぶた》の下には、煌《きら》めくような大きな黒い瞳《ひとみ》。

愛想笑いをひとたびひっこめると、とたんに「冷たい雰囲気」「底意地が悪そう」などと非難を浴びる戸宇堂の面貌とはうってかわって、巳口の顔立ちはこうしてしかめ面になっていてもなお、人懐こい温かみがあった。

派手で愛嬌《あいきょう》のある顔立ちは、寡黙でしかめ面ばかりだった父の相原にはあまり似ていない。丸首のTシャツに黒い革ジャケットとダメージジーンズ、というくだけた格好が驚くほどよく似合っているが、二の腕のあたりは袖口《そでぐち》が膨らんで見えるほど張り詰めている。

料理人は腕力がいる。

相原から、息子はアメリカで好きな料理を習っている、と聞いていたが、真面目《まじめ》にやって

いるようだ。

その息子が、わざわざ父の店のオーナーである戸宇堂になんの用か。

戸宇堂は慇懃《いんぎん》無礼《ぶれい》に応じた。

「それはどうもご丁寧に。私も相原さんにはよくお世話になっています。あの通り寡黙な方ですけれど、息子さんの話も耳にしていますよ」

「そ、そうっすか?」

「ええ。親の欲目ってのは美しいものですね。君のような、来社の挨拶《あいさつ》もまともにできない乱暴者も、相原さんの話では少しやんちゃな元気な青年になるんですから」

むっと押し黙ると、巳口は黒い瞳をぎょろりと動かした。

思案顔が、ゆっくりとしかめ面に変わっていく。

「あ、あのさあ、社長、さっきから俺のこと馬鹿にしてね?」

「真正直に、このクソ馬鹿野郎と罵《ののし》らないよう、努力はしている」

「そんなもん、真正直にクソ馬鹿野郎って罵ってもらったほうが、馬鹿にはわかりやすいに決まってんだろ!　なんだよ、さっきからねちねちねちねちと」

自分は馬鹿だ。という自覚が、巳口にはあるらしいが、その自覚は馬鹿を治す役には立ってくれないようだ。

こんな男とじっくり何か話すなんて徒労もいいところだ。

「私は、馬鹿に対してわざわざ『あなた馬鹿ですね』と言うほど暇じゃない。そもそも君は、いったいなんの用があって、人の会社に殴り込みに来たんだ？」

「なんの用って、親父《おやじ》の話に決まってるだろ。戸宇堂社長、親父の店、閉店させるらしいじゃないか」

やはりその話か、と戸宇堂は舌うちしたくなるのをなんとか耐える。

税金対策か何かか？　と、他人にはうがった目で見られてきた、戸宇堂がオーナーを務めるレストラン「アンブル」はクラシカルな高級フランス料理店だ。

スタッフは必要最小限の小さな店。メニューは月ごとにコース二種類と決まっており、この不況の中、オフィス街のはずれにある融通のきかない小さなレストランの収支はとんとんだった。

しかし、鹿《しか》や野兎《のうさぎ》といった野生の獣肉を使った、いわゆるジビエ料理の腕は確かで、古典的なメニューには根強いファンもいる。

戸宇堂自身その一人だ。

わざわざそんなフランス料理店の経営危機に口を出して、新オーナーに収まった戸宇堂は、単に相原の料理を食べ続けたいという理由だけでアンブルに出資しているようなものだった。

その相原は、現在病気療養中。

はっきりいって、現場復帰の見込みはないに等しい。

短い間だったが、相原とは深いところでわかりあい、共にレストランを経営してきた自負がある。たとえ相原の息子であろうと口を出されたくない。

自然、戸宇堂のあたりは一層きつくなっていくが、巳口は機微が読めないのか、狙《ねら》い定めたようにこちらの心の地雷を踏んでいく。

「戸宇堂社長、あんたがどんなつもりでアンブルの経営に口を挟んでたのか知らないけど、料理のことは素人《しろうと》だろ？　親父が倒れたからって、すぐに閉店ってのはいくらなんでも横暴じゃんか。他のスタッフもいるし、贔屓《ひいき》にしてくれてた客もいる。何よりあのレストランには小さくても歴史があんだから、今こそレストラン継続のために、試行錯誤するときなんじゃないのかよ！」

帰れ。脳味噌《のうみそ》掃除しろ。トイレに流されてこい。

思わずこぼれそうなそんな言葉の数々を飲みこむと、戸宇堂はメガネをはずした。レンズをハンカチで拭《ふ》きながら、なんとかまともな返事を探しあてる。

「素晴らしい主張だが、根本的な点が抜けている。アンブルは相原さんの料理がなければそもそも成り立たない店だ。何を試行錯誤しようと、相原さんが現場復帰できないかぎり、アンブル再開の余地はない」

「社長、頭固いね。なんのために俺が、こうして直談判《じかだんぱん》しに来たと思ってるんだよ」

どこか不遜《ふそん》な声の響きに、嫌な予感がして戸宇堂はメガネをかけなおす。

くっきりとした視界に、にやりと笑う、無邪気といっても過言ではないだろう自信満々の巳口の姿があった。

その大きな手が親指だけ立てると、巳口自身を指さす。

「俺がいるじゃねえか」

「……何がだ？」

「何がって、だから親父の代わりだよ」

「……何の？」

「いや、何のって、アンブルの暫定料理長だよ、アンブルの！」

「……どこのどいつが？」

「俺だよ、俺」

「アポもせずに人の会社に殴り込んできたあげくに俺俺詐欺か」

「そうそう、俺俺。俺だよ俺……ってちげえよ！　なんで面と向かって俺俺詐欺しなくちゃなんねえんだよ！　あ、さては俺が本物の親父の息子かどうか疑ってんな？」

自意識過剰にアピールしたり地団太を踏んだり、忙しい男だ。

「いや、君のことはよく存じあげているから、疑ったりはしないが……確か、アメリカにいたんじゃなかったか？　向こうの仕事はいいのか？」

「さすが社長。俺がアメリカ帰りの天才って知ってるんだ。親父が倒れたって聞いたら飛んで帰ってくるに決まってんだろ。本当はもっと早くに戸宇堂社長に会いたかったんだけど、とりあえずこっちでの仕事先確保してたら遅くなっちまって。今はさっき渡した名刺の店で働いてるぜ、今度食いに来てよ」

「馬鹿の天才だということはわかる。アメリカ行きは相原さんから聞いた。経営相談中にあの人の携帯電話に届いた、能天気にアイス食べてる君の写真と一緒にな」

「親父、俺の写メやっぱ見てくれてたんだ。いや〜週一で送った甲斐《かい》あったわ」

「子供の頃に離婚して以来一緒に過ごしていない父親に週一で写真なんて、嫌がらせと紙一重じゃないか？」

「えー。俺の笑顔が毎週送られてくるとか役得じゃね？　っていうか、あんたさっきから超意地が悪いな」

何から何まで話にならない。

ここは、しっかり釘《くぎ》をさしておかなければ、今あたりさわりのないことを言って会社から追い出しても何度でもやってきそうだ。

「いいかい巳口くん、私は君みたいに寝言を言いに来ただけの男の相手をする暇はないんだ。話がしたいなら会社の窓口に電話をして、要件を伝えて、アポイントをとってくれ。少しはまともに仕事の話ができそうだと思えば時間をとってやらないこともない」

まくしたてるようにしながら、戸宇堂は巳口の脇《わき》をすりぬけ、自ら社長室の扉を開く。

お帰りはあちら、とばかりに、廊下の向こうに見えるエレベーターに向かって手を差し出して巳口に微笑《ほほえ》みかけた。

「相原さんの息子さんだから、と思って今日の無粋な来訪を許してやったのが間違いだった。私の対応が気に入らないなら、どうぞ、帰ってくれ」

巳口の表情が、じわじわと険を増していく。

この野郎。と心の中で叫んでいるのが聞こえてくるようだ。

「あ、あのなあ。俺が何回ここに電話して、社長に取り次いでくれって頼んだと思ってんだ」

「何?」

「いくら馬鹿でも、最初から社長室にいきなり乗り込んだりするかよ。でも、何回この会社に電話しても、総務課ですーとかいうおっさんが『ご家族の個人的な御用に関しては、お繋《つな》ぎいたしかねます』とかなんとか言うばっかだろ。らちがあかねえから、ここまでやってきたんじゃないか」

「あー……」

いつもの調子で、いくらでも嫌味な返事は思い浮かんだものの、そのどれも言えずに戸宇堂は視線を泳がせた。

巳口の不満には心当たりがある。

「巳口くん、君、なんて言って電話したんだい」

「なんて言ってって、御社の社長がオーナーしてる店の、共同経営者の家族のものですけどってちゃんと言ったぞ」

言い切ってから、しばらくして巳口は少し情けない顔をして「なんか変だったか？」などと確認してくる。

「そうか、家族のものですと言ったのか……」

「……離婚した先に引き取られた場合はアウトとかあんの？」

「いや、ない。まあ、家族がどうのというとややこしいから、次からは普通に、君の名前でアポをとってくれ。そのほうが、私にちゃんと報告があがってくるから」

社長の戸宇堂の家族でございます。役員、喜野の家族でございます。社員誰某の家族でございます。そういう問い合わせが十中八九トラブルを招いた過去のあるベルドゥジュールでは、家族を名乗るものの問い合わせは鬼門だ。

家庭事情が多様化している昨今、個人の連絡先を把握していない「家族」とやらを、親切に取り次いでやる必要などない。という結論のもと、戸宇堂は外部からの問い合わせ対応マニュアルに、家族を名乗るものの取り次ぎ制限令を出していた。

戸宇堂と喜野に関しては報告さえいらないと伝えている。

度重なるトラブルに慣れてしまっていたせいで、巳口のようになんの悪意もなく「家族」を名乗って問い合わせてくる人間のことなど想定外だった。

過度な門前払いマニュアルのせいで、一応まともなアポイントをとろうとしていた巳口を、今日のような暴挙に走らせてしまったとなるとなんとも後ろめたい。

ついすぐに追い出すつもりだった男に譲歩してしまう。

「あー、それでなんだっけか。レストランの件だったな、巳口くん」

「そうそう、親父のアンブル。四の五の言ってないで、俺の料理食べてくれたらすぐにでも俺に店継がせたくなること請けあいだぜ！」

「わざわざ出向いてもらって申し訳ないが、レストランに関しては君はただの部外者だ。継ぐとかなんとか妄言が聞こえた気もするが、一切口出しさせる気はない」

畳み掛けるような戸宇堂の主張に、巳口は一瞬たじろいだが、すぐに食い下がってきた。

「部外者とはなんだよ。確かに経営権はあんたにあるんだろうけど、レストランの敷地は親父のもんだろ。俺、今親父の家に寝泊まりしてるけど、レストランのほう覗《のぞ》いてみたら、開店準備途中のまま放ったらかしじゃねえか。口出しされたくなきゃ、それなりの管理ってもんがあるんじゃねえの？」

「おい、勝手にレストランに入るなよ。相原さんの自宅は関係ないが、レストランの土地と建屋は、私も登記してるんだぞ」

アンブルと相原の自宅は同じ敷地内にあり、裏口で繋がっている。もともとは相原の土地で、アンブルの経営悪化とともに土地を切り売りするほかなくなっていた頃に、戸宇堂が一部を買いあげているのだ。

ぐっと眦《まなじり》を吊《つ》りあげた戸宇堂に、今度は巳口も負けてはいなかった。

「俺がレストランにしぶしぶ足を踏み入れたのは、店のホールに飾ってた花が枯れて水が腐りはじめてたからですー。冬でも蠅《はえ》って湧《わ》くんだぞ」

「ああ、花か……。一応食材は冷蔵庫に押しこんだんだが、そっちは見落としてたな」

「その冷蔵庫の中身もどうすんだよ。親父が倒れた日に、あれもこれも無造作に突っ込んだんだろ。あれから一か月だぞ、使い物にならなくなった食材が……」

「おいこの馬鹿息子。お前自分の店でもないのに勝手に冷蔵庫開けたのか」

花はおろか、冷蔵庫の中身なんて完全に失念していた。

一か月前、いい獣肉が入ったから、と下ごしらえしていた血まみれのボウルやまな板ごと冷蔵庫に突っ込んだ記憶があるが、あれが今どうなっているか、想像するだけでも恐ろしい。

さしもの戸宇堂もまともな反論を思いつかず、悪あがきのように重箱の隅をつつくと、案の定、巳口は形勢逆転のチャンスにも気づかず、戸宇堂の暴言に食いついてきた。

「だ、誰が馬鹿息子だ！　そんな意地悪ばっか言ってて友達減っても知らねえからな！」

「ご心配どうも。しかし、私の交友関係には、君のような傍若無人な馬鹿も、アポなし社長室突撃するアホもいないから、意地の悪いことを言う必要もないから問題ない」

「だ、誰が傍若無人な社長室のアポなし馬鹿アホだ！」

「君だ」

戸宇堂は社長室の扉を開くと、巳口に向かって顎《あご》をしゃくってみせる。

「冷蔵庫の件は助かった、今度何かお礼をさせてもらおう。その際は、是非《ぜひ》こちらから君に連絡をいれて、礼儀正しく都合を聞かせてもらうつもりだ。君も、次に来るときは是非、まともなアポイントをとってくれ。楽しみにしてるよ」

まったく楽しみにしていません。

という本音を隠しもしない戸宇堂の口調に、巳口の手が強く握りしめられる。

しかし、意外にも食ってかかってはこなかった。それどころか、戸宇堂に促されるまままっすぐ出入り口に向かって足を踏み出すではないか。

「上等だ、覚えてろよ。次来るときは、素晴らしすぎるアポイント取りつけて、俺のためにコーヒー十杯くらい淹《い》れてもてなしてやりたくなるようにしてやるからな！」

煽《あお》られるままに、足音も荒く巳口の姿は社長室の外へと消えていく。エレベーターに向かって廊下を進む後ろ姿を見送る時間も惜しくて、戸宇堂はすぐに社長室の扉を閉めた。

「あいつ、本物の馬鹿なんだな……」

まさか、本当に素直に退室してくれるとは思わなかった。

巳口にしてみれば、まさに話の途中だろうに。呆《あき》れて溜息がこぼれたそのときだった。

どかどかと再び足音が近づいてきたかと思うと社長室の扉が乱暴に連打される。

「どちらさま？」

「俺だよ俺！　なんでここまできて、なんの話もせずに帰らなきゃならねえんだよ！」

「ほう、また俺俺詐欺か」

「相原の長男の巳口です！　父がいつもお世話になってます！　いきなり来て申し訳ないですが、父のレストランの件でお話させてくださいー！」

社長室の扉にはめ込まれた細い曇《くも》りガラスの部分に、べたりとはりついた馬鹿犬のシルエットが見える。

今まで戸宇堂と巳口のやりとりをただ見守るだけだった喜野がつぶやいた。

「大変だ、コーヒー十杯用意しないと……カップ足りるかな」

「甘やかすな喜野。こんな奴、コーヒーどころかお前の研究室でキノコが生えてる、元が何だったたか忘れた古い液体を飲ませてやれば十分だ」

「なあ、そこで俺の悪口言ってるだろ、戸宇堂社長！　開けてくれってばー！」

巳口の怒鳴り声は、戸宇堂が何もしなくても、ビルの警備員を呼び寄せるには十分だ。

頑として巳口の声に応じずにいると、そのうち社長室の前は静かになった。

扉越しに「なあ、ここの社長さん、性癖を邪推したくなるほどサディスティックじゃね？」と警備員に同意を求める巳口の声が聞こえないでもなかったが、戸宇堂は無視してデスクに戻ると電話を手にした。内線で、総務部に連絡を入れる。

「ああ、戸宇堂だ。最近受付に、アンブルの相原の家族を名乗る問い合わせがあったか？」

三度あった、と総務から報告が返ってくる。

『申し訳ありません。最近また、しつこく戸宇堂社長のご家族を名乗る方から連絡があったので、その一種かと……』

「問題ない。ただ、今後は巳口という姓で電話があれば、伝言は受け付けてくれ。巳口優里」

『巳口様、ですね』

「ところで、また家族を名乗る問い合わせがあったといっていたが、頻繁なのか？」

『はい。社長はご家族の方にはお会いになられません、とお伝えしているのですが、そんな馬鹿な話があるか、とおっしゃって……』

「そうか。面倒をかけるが、相手をしないでやってくれ」

電話を切って顔をあげると、開け放した窓の外から「また来るからな！」という怒鳴り声が聞こえてきた。誘われるように、窓の下を覗き見ると、路上に放り出された巳口が、五階のここからでもわかるほど頰をふくらませて拗《す》ねている姿がある。

自称家族とやらがここに来ることを思えば、巳口の来訪など可愛いものだったのかもしれない。

戸宇堂には、家族などいない。少なくとも戸宇堂はそのつもりだ。

だが最近急に増えた。

会社を興して、メディアなどへの露出が増えてから。

新進気鋭のコスメブランドといえば端から見れば華やかなのだろうが、実際は社員が八十人に増えた会社をまわすため金策に走り回る日々で、特別なことはしていない。多少贅沢品《ぜいたくひん》を集めはするが、それもささやかな趣味の範囲。

社長と名がつけば湯水のように金を持っているだろうという解釈のもと、何の努力もしない連中に金をたかられるのは心労にしかならない。

親類縁者の連絡をいっさい取り次がないようにしてから、心は平和だ。

眼下で、巳口が肩をいからせながら去っていく。しかし、その姿がふいにしゃがみこんだ。何をしているのだろう、と見ていると、もうベルドゥジュールからつまみだされた腹立ちは消えてしまったのか、ご機嫌顔で野良猫を撫《な》でている。

「変な奴」

レストランを継ぐなどと言われて、戸宇堂は大事なものを土足で踏み荒らされた気分になって腹がたったが、少し頭ごなしすぎたかもしれない。そんな後悔を抱《いだ》きながら、戸宇堂は巳口から渡されたままだった名刺に初めて視線を落とした。

コーラル。という店の住所や地図と一緒に、巳口の名前が書かれている。

できれば二度も三度も会いたくない男だが、しかしあの相原の息子だと思うと無下《むげ》にもできず、戸宇堂はしぶしぶ名刺をケースにしまうのだった。

ベルドゥジュールは、元はといえば研究者だった喜野の作ったスキンケア用品を戸宇堂が売り、認知度を高めていった末に設立した会社で、それまで戸宇堂はごく普通に商社マンとして、一企業で働いていた。

いつかなんらかの形で一国一城の主になりたいと夢見つつも、しかしそのための商品のビジョンがない戸宇堂と、上からの指定やスポンサーの意向など欠片《かけら》も気にせず、作りたいものだけをただひたすら研究していたいけれども、それを売り出す能力のない喜野は、ある意味最高の凸凹コンビだ。

スタッフもいなければ研究資金以外の金の余裕もなかった五年前から、戸宇堂は今でも自ら会社の広告塔を務めている。

といっても、宣伝用のモデルくらいは雇うことができているのだが、スーツの似合う品のある色男という風貌を買われて、新商品の特集となると各方面に呼び出されていた。

今日にいたっては「設立五年を記念して、是非ヒット商品の産みの親の喜野さんもご一緒に」などと、世話になっている雑誌の担当者に言われたものだから、外出も人づきあいも注射より嫌いだ、という喜野を引きずって遅くまで笑顔を作っていなければならない。

戸宇堂は猫の皮を何枚も持っている。

とくに笑顔を取り繕うのは得意で、女性の性格に合わせて明るい戸宇堂社長や優しく話を聞いてくれる戸宇堂社長の皮を被《かぶ》り分け今までやってきた。

しかし、本性はといえば、初対面の巳口を相手に嫌味ばかり言っていたように、意地が悪いほうだ。そんな戸宇堂の性格をよくわかっている喜野にいたっては、めいっぱいの笑顔でインタビューに応じ続ける戸宇堂を、別人のようで不気味だとまで言う。

その喜野が、インタビューの途中、進行の都合で席を立った担当者がいつまでたっても戻ってこないせいで、ついに営業用の精いっぱいの笑顔を崩《くず》して音をあげた。

「戸宇堂、腹減った」

「そこの紙ナプキンでもかじってろ」

笑顔のまま、しかし口調だけはいつもの自分で答えると、喜野が手にしていた雑誌を目の前に広げて見せてくる。担当者が、雑誌の最新号を持ってきてくれていたのだ。

せっかく流行をチェックできるファッションやコスメ関係、女性読者によるドラマや趣味のランキング記事には目もくれず、喜野が開いたのは安っぽいクーポン券のページだ。

一ページに八枚ずつ、店の紹介とともにレストランの割引券がついている。

「知ってるだろ戸宇堂、俺はこないだうちに来た巳口とかいう子よりも社会性が駄目な生き物なんだぞ。これ以上、一年分の笑顔全部発揮してインタビューなんかに応じてたら腹が減りすぎて死んじまう」

「……笑顔、作ってたのか？　その仏頂面で？」

「頑張ったのに……」

食事くらいいくらでも奢《おご》ってやるが、こうして目の前でダダを捏《こ》ねられるとそんな優しい言葉をかけてやるのも馬鹿馬鹿しくなり、戸宇堂は冷たい態度のままクーポン券に視線を落とした。

なんだろうか、ひっかかる店が一つある。コーラル、と英字で書かれたレストラン名のフォントに見覚えがあった。

「ん、これ巳口くんのくれた名刺の店じゃないか？」

戸宇堂の視線に気づいたらしく、喜野が答えを出してくれた。

「そうみたいだな。でもこのレストラン……ステーキとかがメインの鉄板焼き屋じゃないか」

古典的なフランス料理が自慢のアンブルを継いでやる、などと言っていたのに、鉄板グリルレストランなど、同じ料理でも別の分野ではないか。旨《うま》いものは好きだが、料理そのものに詳しいわけではない戸宇堂は、しかしふと、接待先を調べるときに聞いた話を思い出す。

鉄板焼きだ、グリルだ、という店を「ただ焼いているだけ」と称するものもいるが、動かすことのできない鉄板の上で、そして客の視線から逃れることのできない状況で、素材をベストの状態に仕上げていくのは高い技術を要求されるとかなんとか。

初めて会った巳口の態度は褒められたものではなかったが、態度がよければ料理が旨い、態度が悪ければ料理が下手、というわけでもない。もしかしたら、あの若者は、相当な料理の腕前を持っているのかもしれない……。

馬鹿は嫌いだ。だが、旨い料理は、そんなこだわりを忘れるほど素晴らしい時間をくれる。

そう知っている戸宇堂は、今まで気にもとめなかった巳口の腕前に、俄然《がぜん》興味が湧いてきた。

「仕方ない、少し顔を見に行って、馬鹿息子の近況を相原さんに教えてやるのも悪くないな」

「相原さんの前で、堂々と馬鹿息子って言わないようにしろよ、お前」

「誰にものを言ってるんだ。猫かぶりのスペシャリストだぞ、俺は」

そう言って人の悪い笑みを浮かべたとたん、個室の扉がノックされた。

入室者を前に、あくどい笑みを器用に柔和な色に変えた戸宇堂の横顔に、喜野の「お前、猫アレルギーの人に近づいてやるなよ」という嫌味がちくちくと刺さるのだった。

「いらっしゃいませ。ようこそコーラルへ」

シャンデリアと間接照明で彩られた店内は、安い素材のクロスやカウンターに囲まれているが、色気のある雰囲気に満ちていた。

店のメインだろう、五メートルはある鉄板に面したカウンターの片隅に戸宇堂らが陣取ると、俺の客だと言わんばかりの勢いで巳口が前に立つ。

暖色系の照明に照らし出され、姿勢を正して鉄板の向こうに立つ巳口は、初めて会ったときと違って堂々としたものだ。

照明で一割。コーラル、のロゴが美しく刺繍《ししゅう》された白いコック服で一割。さらに、やればできるじゃないか、と嫌味の一つも言いたくなるまともな接客態度で一割。計三割増しになった巳口は、なかなかどうして、男前だ。

「巳口くん、君は私が嫌いかね」

開口一番、戸宇堂は尋ねた。

「な、なんですか急に。新手の口説き文句かなんかですか?」

「誰が口説くか。仕事中はまともな態度がとれるくせに、人の会社にくるときは殴り込みのような態度しかとれないのは嫌がらせなのかと聞いてるんだ」

「うっ……。親父の店の経営を急にのっとった、やり手の若手社長に一人で会いにいくなんて怖いだろ。やりこめられないよう戦闘モードだったってわけ」

言い終えてから、はっと気づいたように巳口は自分の頰を叩《たた》くと「だったんですよ」と言い直した。

男前は三割増しになったが、中身の割り増し効果はないようだ。

なにはともあれ、隣で喜野が「腹減った」とうるさい。戸宇堂も腹が減っていたが、疲れているのでメニューを見るのもわずらわしくて、注文は巳口に丸投げした。

メガネをはずし、眉間《みけん》を揉《も》む戸宇堂を見つめる巳口の声が、珍しく同情的になる。

「お疲れ様です。なんか大変そうっすね、会社社長ってのも。もっと優雅なもんかと思ってましたけど」

それと同時に、鉄板に素材を置いたのだろう、さっそく何かが焼ける音が鳴る。

思わず顔をあげると、油に光る鉄板に、エビとホタテが置かれたところだ。

「今回はシーフードと、そのあと牛ステーキのコースになりますけど、ステーキ肉はフィレとロースどちらがお好みですか？」

「両方。喜野と分けるから」

「かしこまりました。グラム表は、目の前の黒板にあるので、いつでも言いつけてください」

そんなやりとりの間も、鈍く輝く銀色の鉄板の上で、灰色だったエビが真っ赤に色づいていく。メガネをはずしたまま眺めていると、巳口がやけに楽しそうに言った。

「社長、せっかくなんだからメガネかけて、目ん玉かっぽじってよおーく見ててくださいよ」

「はあ？」

何をだよ。と思いながらも、素直にメガネをかけなおしたそのときだった。

視界を、胡椒《こしょう》入れの容器が飛んだ。

巳口の左手から右手へ、くるくると回転しながら飛び移ったかと思うと、うまく逆さになった胡椒の振出口から、これもうまい具合に胡椒が舞い散る。それも一瞬のことで、再び胡椒入れは巳口の手の中で弄《もてあそ》ばれ、別の容器を叩いた。よく練習しているのだろう。胡椒入れに叩かれた容器は意思があるかのように空に飛び跳ね、それを巳口の空いた手がキャッチする。

テレビで見たことくらいはあった。

ジャグラーのような鉄板前でのパフォーマンス。

正直、料理が出てくるまでの暇つぶしくらいにしか思っていなかったのだが、こうして目の前にすると、その動きの正確さに驚かされる。

鉄板からカウンターの戸宇堂らまでの距離はほとんどない。にもかかわらず、ソースも胡椒も間違ってこちらまで飛んでくることはないし、鉄板の上の素材も、弄ぶように扱われているのに、油の上やソースの上を整然と移動するのだ。

「驚いた。この手のパフォーマンスを見るのは初めてだ」

「マジで？　ちぇ、だったら他の奴と俺のすごさの違い、比べられないじゃないっすか」

「君は特別すごいのか？」

「もちろん。うちの店はマニュアルがあんだけど、難しくて有名なんすよ」

巳口の手がおもむろに鉄板脇にあったソース壺《つぼ》に伸びた。

手にはターナー、いわゆるフライ返しが握られており、その先端が重たいソース壺の底にするりと入っていく。そして、ターナーはそのまま壺を持ち上げ、流れるような仕草で戸宇堂の手元にある小皿の上で傾けられた。

「こちら、わさびソースです」

「おおっ」

ターナーにのったまま、二人分の皿にソースが適量注がれるのを見て、疲れてへたりこんでいたはずの喜野が声をあげた。その声が嬉《うれ》しかったのだろう。巳口が「どうだ」と言わんばかりににやけるのを見て、戸宇堂は思わず嫌味を口走った。

「君がすごいのはわかったが、マニュアルってことは、ここの子はみんなできるんだろう？」

「うっ……だ、だから、うちの店はレベルが高くて、俺はその一員だってこと！」

巳口は、馬鹿にされたと感じたようだが、戸宇堂の内心は違った。巳口は帰国後わずか一か月で、ここまで丁寧にマニュアルを身に着けたことになる。

正直、少し感心してしまった。

常に客の目があるのだ。ミスなどできないだろうし、ともすれば客に胡椒をぶちまけたり、振り回した容器をぶつけてしまうかもしれないパフォーマンスを、一朝一夕で簡単に身に着けられるとは思わない。

馬鹿だと思ったが、仕事には誠実な男なのかもしれない。

「車エビとホタテのソテーでございます。冷めないうちにどうぞ！」

CORAL

皿に、曲芸のようなパフォーマンスでエビとホタテを美しく盛りつけると、芝居がかった仕草で両手を広げてみせた巳口に、戸宇堂はつい頰がゆるんだ。

うまいぞ、食え。そんな心の声が聞こえてきそうな、自信に満ちた表情だ。

戸宇堂はさっそくホタテを口に運んだ。

完璧だ。バターでカリッと焼かれた表面と、生のままのようななめらかな中心。しかし生ぬるいということはなく、塩加減もちょうどいい。

ふと見上げると、巳口はいつもより少し真面目な顔をして、また包丁や串《くし》を振りまわすところだった。

いい顔をする。

戸宇堂の口から自然と言葉がこぼれた。

「美味《おい》しいよ。このあとも楽しみだ」

にやりと笑った巳口の表情は、少し照れくさそうだった。

そのあとも、季節の野菜、牛肉、キノコのホイル蒸しときて、牛脂のピラフが完成した頃、目の前の鉄板は、最初から料理などしていなかったかのように綺麗《きれい》な状態に戻っていた。

最初は特別な期待などしていなかったのに、今では米粒一粒さえ残さず食べて、胃はすっかり満足している。

機嫌のよくなった戸宇堂は、残りのワインを巳口に対して傾けた。

「いや、君のことは馬鹿にしていたが、料理は旨かった、ご馳走《ちそう》さま。客も減ってきたし、よかったら一杯どうだ」

「おお、太っ腹！　ありがとうございまっす」

調子よくそういって、戸宇堂は店員用だろう、小さ目のグラスを取り出した。

「デザートとコーヒーもあるんですけど、お酒まだ残ってるし、もう少し後にします？」

「ああ、そうしてもらおう。すぐに料理の味を消してしまうのはもったいない」

ワイングラスを揺らしながらそう言うと、巳口が胸を反らす。

「だから言ったでしょ。俺の料理食ってくれれば、すぐにでも親父のレストラン継がせようって気になるって」

「いいや、全然」

コースを終えて、すっかり打ち解けた雰囲気だった巳口の空気が一瞬にして凍った。

しかし、戸宇堂の頬には笑顔が浮かんでいる。

「先日は頭ごなしに断って悪かったな。だが、今日はちゃんと断る理由ができた。君の料理を食べて確信したよ、君にアンブルは継がせられない」

「な、なんでだよ。旨い旨いっていって全部平らげてくれたじゃん！」

店員と客という立場にいることも忘れたのか、巳口が取り乱す。

「それとこれとは別の話だ。巳口くん、君はアメリカで、こういうグリル料理の修行をしてきたのか？」

「そう。ブルックリンで二軒。でも、フランス料理の勉強もしたぞ。学校での専攻もフランス料理だし。アメリカじゃわざわざルームメイトにフランス料理の奴探して、休日は二人で料理修行三昧だったんだ」

「涙ぐましい努力だが、それで、今日食わせてくれた以上のものを、アンブルのフランス料理のメニューとして味わわせてもらえるのか？」

「それは……」

そこまで自惚《うぬぼ》れてはいないらしい。

巳口が言いよどんだことに満足すると、戸宇堂は笑みを収めて真摯《しんし》な口調で言った。

「パフォーマンス、楽しかったよ。けれどもアンブルにその明るさは向かない。サービスや私たちへの気遣いも、思っていたより細やかだった。けれども、アンブルの格式には到底足りない。鉄板焼きは素晴らしい料理だった。けれどもアンブルで提供している料理とは種類が違いすぎる」

巳口は目を逸《そ》らさなかったが、そのかわり、大言壮語ばかり吐いていた唇はらしくもなく震えていた。

巳口は十分わかっていたのではないかとさえ思う。わかった上で「アンブルを継いでやる」などと言っていたのだとすると、その真意がわからなくなるが。

「君がアンブルにふさわしくないことがはっきりして、今夜は有意義な夜だったよ。そろそろコーヒーを頼む。飲んだら、すぐに帰るから」

むっつり押し黙った巳口は、ただ拗ねているといった雰囲気ではなかった。

コーヒーとデザートの準備のため、巳口が鉄板前から離れると、夢中になって飲み食いしていたはずの喜野が小声で話しかけてきた。

「いいのか、戸宇堂？」

視線を合わせると、喜野が心配そうな顔をしていた。

「アンブルはお前にとって大事な店なんだろ？　潰《つぶ》しちまうくらいなら、継いでもらうのも手なんじゃないか。高級フランス料理っていう括《くく》りにこだわらなければ、アンブルが存続できる可能性はある」

喜野は、できうる限り人のプライベートに入るまいとする男だ。そんな喜野が提案してくるくらいだから、よほど自分のことを心配してくれているのだろうと気づき、戸宇堂は正直な思いを口にした。

「アンブルが潰れれば、それ以上は消えることのない思い出ですむ。けれども……相原さん以外の人があの店を継ぐと、思い出ごと塗り替えられてしまいそうで嫌なんだ」

言葉にしてしまうと、その「嫌」という気持ちが、恐怖となって戸宇堂の胸に響いた。

怖いのだ。大切なものが、自分の知らないものに変わっていってしまうことが。

「ましてや、フランス料理以外なんて、論外だよ」

「そうか、わかった」

それだけ言うと、喜野は残っていたワインを飲み干した。

おりよく、二人のもとに柔らかなコーヒーの香りが流れてくるところだった。


とある総合病院の個室の棚に洗い立ての寝間着を積みあげながら、戸宇堂はベッドに寝そべりぴくりとも動かない男に声をかけた。

「相原さん、新しい寝間着持ってきましたけど、寒くないですか？　もし寒いなら、次来るときは厚手の寝間着を持ってきますよ」

「んー」

そう言ったきり、相原は黙りこくった。

いつものことだ。

クモ膜下出血で倒れた相原は、一命をとりとめたものの手足は麻痺《まひ》し、言葉もなかなかでてこない。かといってすぐにリハビリを始められるような状態ではないため、今は焦らず療養中だ。

外部刺激は必要だろうし、突然のことに相原自身さぞや不安と絶望に苦しんでいるだろうと思うと放っておけず、戸宇堂はほとんど毎日、仕事の合間を縫っては見舞いに来ている。ひとしきり、備品の補充や汚れた寝間着の回収を終え、相原のベッド脇に戻ると、ようやく相原のとぎれとぎれの言葉が繋がった。

暖房がきいてる。大丈夫。

戸宇堂は苦笑した。

時間と相原の体力さえ許せば、意志の疎通はいくらでもできる。

幸い、相原は元気だった頃から口べたで、必要最低限のことしか喋《しゃべ》らない男だった。だから、今も返事は簡潔で、わかりやすい。

麻痺した姿を見るたびにいろんな思いが去来するが、合併症もなく術後を過ごせているのだから、体力の回復を待ってゆっくりつきあっていこうと、アンブルの門に「料理長急病のため休業します」の札をかけたときから戸宇堂は自分に言い聞かせていた。

最後に戸宇堂は、ベッド脇の、鍵つきの引き出しの中をチェックした。貴重品や、こういった鍵の管理は、ほかに誰もいないから戸宇堂が預かっている。

だから相原の手元にさしたる貴重品は置いていないが、鍵つきの引き出しには相原に頼まれたものが二点だけ、大事に仕舞われていた。

使いこんでぼろぼろになったレシピノートと、いつも厨房《ちゅうぼう》に置いてあったせいで、油曇りのついたデジタルフォトフレーム。

親類縁者はいないも同然。青年時代はフランスで過ごし、日本で一人で店を開いてからも誰とも交友はない。せいぜい、別れた妻とのあいだの息子くらいしか人づきあいのない相原の、唯一大切なものはこの二つだけらしい。

写真に興味のない戸宇堂は、デジタルフォトフレームにももちろん興味がない。しかし、レシピのほうはこのままどうしようか悩むものではあった。

フランス語と英語と日本語がないまぜになって、ぐちゃぐちゃと書きこまれた内容は、戸宇堂にはろくに読めもしないが、巳口はどうだろうか……。

巳口にアンブルを継がせる気は毛頭ないのに、そんな思考がよぎったことに驚き、戸宇堂は慌ててノートを引き出しに戻すと、再び鍵を閉めた。そして、ベッド脇の座椅子に腰掛けると、相原の手を握る。わけもなく、その手を撫でながら話題を探す。

「息子さん、最近顔出しましたか？」

普段、ナースコールも押せない指先が、ぴくりと動いた。

やはり相原にとっては愛息子《まなむすこ》なのだろう。彼の話をすると、表情がゆるんだように見える。

ゆっくり紡がれた「よく」という返事に、戸宇堂は目を瞠《みは》った。

巳口も、戸宇堂と同じくまめに顔を出しているらしい。

「彼の職場に行ってきましたよ。アメリカにいた頃の知り合いの店だそうです。……相原さんの前なので少しは褒《ほ》めてやりたいんですが、料理の腕以外は特に褒めてやれるところが見つかりません」

「は、はは……」

しわがれた声が、途切れ途切れに笑う。

「医者の話では、術後の具合はいいようですから、傷口がふさがったら、リハビリ頑張らないといけませんね。息子さんの料理食べて、駄目出しできるようにならないと」

相原の返事より先に、ノックの音が響く。

顔をあげると、扉の隙間から能天気な茶髪頭が見えた。

「げっ、戸宇堂社長じゃん！」

「げ、とはなんだ。げ、とは」

噂《うわさ》をすればなんとやら。来訪者は巳口その人だった。

のそのそと相原のベッド脇にやってくる巳口を、相原の視線が追う。

親子水入らずのほうがいいだろう。

戸宇堂は立ちあがると相原に声をかけた。

「それじゃあ相原さん、息子さんも来られたことだし、一度帰りますね。明日も来ますから」

「え、戸宇堂社長帰るのか？　俺、花を生けたらすぐ帰るから、俺が邪魔ってだけならいてくれてもいいんだぞ？」

確かに巳口の手には可憐な花束が握られていた。青と白のアネモネ。相原の自宅に庭で育ていたらしく、アンブルにもよく飾られていた。

「君こそゆっくりしていったらどうなんだ」

「うん、仕込みが終わったら、夕方また来るからさ。今は、とりあえずうちの庭でこいつが満開になってたから、綺麗なうちに親父のとこに持ってこようと思って」

せっかく来たのに、すぐに帰るとは何事か。と睨んだつもりが、返ってきた言葉に戸宇堂は目を瞠った。

相原の自宅から、巳口の職場、コーラルまでは電車一本で行ける。しかし、この病院に寄ろうとすれば二度も乗り換え、バスまで使用せねばならないはずだ。

まさか、アネモネを届けるためだけに、こんな面倒な寄り道をしたというのだろうか。

「巳口くん、君、車か？」

「電車だよ。社長は？」

「車だ。ちょうどいい、送っていくぞ。行き先はコーラルでいいのか？」

新聞紙に包んだアネモネを父親の眼前で振って見せていた巳口が、驚いた顔をしてこちらを見た。

「え、何？　俺に惚《ほ》れちゃった系？　って、なんだよ親父……ほとんど表情動かせねえのに、睨むときだけはしっかり睨まなくても」

戸宇堂が何か言うより、相原の反応のほうが早く、巳口に目で釘を刺してくれた。

馬鹿な息子を持つと苦労するようだ。

「ふざけたこと言ってると、トランクにつめこむぞ。なんにせよ、宣言通り、夕方も見舞いにこいよ」

「ラジャー！　すぐ花生けるから、ちょっと待っててくれ。悪いな親父、慌ただしくて」

戸宇堂は待たずにそのまま出入り口へと向かった。

おい、と呼び止められるが、振り返る気になれない。

「受付に用事があるから、下で待ってる」

それだけ言うと、戸宇堂は相原の個室をあとにした。

相原と出会った思い出は、小学生時代にまで遡《さかのぼ》る。

いわゆる「嫁いびり」にあっていたのだろう戸宇堂の母は、今となっては戸宇堂の記憶の中でおぼろげな女性像しか残っていない。

祖父母に罵倒《ばとう》されたり、父と喧嘩している姿ならよく覚えているが、結局彼女は、戸宇堂が小学生の頃に、二番目の子供だけを連れて、父と離婚してどこかへ行ってしまった。

あいつは頭がおかしい。と父も祖父母も総出で罵っていたが、その理由を知ることなく過ごしてきた戸宇堂には、母の苦労は今となっては想像するしかない。

男の子が生まれたら、跡継ぎとして父の実家で引き取る。

父は戸宇堂家の長男なのだから、その息子の教育を、頭の悪い妻になんて任せられない。そう言われ続けた母にとって、男の子として生まれてしまった戸宇堂は、いつか取りあげられる子供でしかなく、事実、戸宇堂は父方の祖父母に引き取られて育てられた。

そこまでするのだから、父方はどんな立派な家系だろうかと思うが、なんのことはない、昔の栄光が忘れられない元地主の家系で、戸宇堂が物心つく頃には、土地どころかろくな財産も残っていない借金持ちの還暦夫婦が、ボロ家に住んでいるだけだった。

借金してでもブランド物を着て、他人様に金を貸していい顔をしようとする見栄と、そのために一族の若いものに金を作らせようとする、そんな悪癖が骨の髄《ずい》まで染みついた祖父母や親戚《しんせき》とは、大人《おとな》になった今に至るまでわかりあえたことはない。

父は祖父母のご機嫌とりに必死な男で、戸宇堂にとっていい反面教師にはなってくれた。

そういった家庭のせいか、戸宇堂はひどく冷めた性格の子供だった。

何事にも無関心で斜に構えている。

強引に孫を引き取った割に世話をしてくれるわけでもない祖父母のみならず、親戚や学校の先生にまで可愛くないと言われたものだ。

馬鹿なことをしでかして大人の気を引いて構ってもらう、という手もあったかもしれないが、戸宇堂の祖父は怒ると入れ歯が飛ぶ。それを拾いに行かされるのが嫌で、あまり怒らせるようなこともできないまま、自分の中の不満やわだかまりをうまく形にできないままずるずると生きていた。

そんな幼少期のある夏のこと。

離婚してはしゃいでいた父が、祖父母をお盆の旅行に誘った。

なんでも、再婚したい女がいるとかで、その相手と四人で、水入らずの旅行をしようという話になったらしい。

一人家に取り残されたものの、戸宇堂はわくわくしていた。

祖父母がいなければ嫌味も言われないし、家事もしなくていい。父の親孝行ごっこにつきあわされる可能性もないのだから。

しかし、そんな浮ついた気持ちはその日のうちに消え去った。

祖父母が置いていってくれた食費は千円札一枚きり。

すでに夏休みに入っていた戸宇堂の生活に、給食などという命綱はなく、お小遣いなどそもそもなかったから、子供なりの貯金もなかった。借金まみれの祖父母の借用書の場所なら知っているが、へそくりの場所など知るはずもない。

祖父母も父も料理をしないので、戸宇堂も料理のスキルは皆無。あたりを見回しても、学校の授業で育てさせられた朝顔が人の気も知らずに呑気《のんき》につぼみを膨らませているばかりで、食べられそうなものは缶詰にいたるまで見当たらなかった。

その上、家族がいつ帰ってくるかは、聞いていない……。もしかすると、ちゃんと教えてくれていたのに、あまりに一人で過ごす夏休みが嬉しくて、戸宇堂が聞いていなかっただけかもしれないが。

安いロールパンをひたすら少しずつかじって過ごした五日目の夜。

ない知恵を絞り、恥を忍んで学校の先生に金を借りよう。と、とりあえず小学校へ向かう道すがら、戸宇堂少年は見てはいけないものを見てしまった。路傍《みちばた》に捨てられたハンバーガーショップの紙袋、そこからのぞく、食べかけのハンバーガー。

いけない、と思っているのに、気づけばそれに近寄り、屈《かが》みこんでじっとハンバーガーを見つめてしまう。

『それ、食べる気か?』

静かな声が頭上に降ってきたのは、紙袋に包まれている部分くらいならかじってもいいんじゃないか……という誘惑にかられたときだった。

見上げると、覗きこむようにして背後に立っている男の姿。

それが相原だった。無口な相原は「何か食わせてやる」だのなんだの、親切に言ってくれたわけではないが、手を引かれるままに戸宇堂は、ハンバーガーが捨てられていた敷地にあったレストランへと足を踏み入れたのだ。

無言で席に座らされ、何を聞かれるわけでもなく、何を言うわけでもなく、戸宇堂の目の前には当たり前のように料理の皿が並べられた。

まるで、テレビで見るような美しい料理だった。

宝石みたいで、どこから手をつけていいかわからないほどに。

『た、食べていいの、これ？』

『ああ。キャンセルが入って、捨てるところだったんだ』

物静かな声だった。必要最低限のことしか喋りたくない。そんな雰囲気の相原の渋面は愛想のかけらもない。

しかし料理は、恐ろしいほどに繊細で、そして雄弁だった。

一口、口に含んだときから信じられない種類の香りが、舌触りが、歯ごたえが、戸宇堂を襲う。

毎日、スーパーで売っているコロッケか巻きずしばかりの戸宇堂には、学校の給食でさえなかなかのご馳走だったが、このとき食べたものはその比ではなかった。

柔らかな肉を噛むと、じわりと染みたソースの香りが口いっぱいにひろがり、その香りに口腔《こうこう》がくすぐられたようにむずがゆい。舌に触れるなめらかな質感や、ざらつく感触が、尾を引くように喉《のど》を通っていく。

道に落ちているハンバーガーにさえ手を出そうとするほど空腹だったにもかかわらず、戸宇堂は出された料理にがっつくことができなかった。見知らぬ味が、香りが、食感が、口だけでなく胃に落ちたあとも体中に満ちて、何か危険なものを食べさせられているような恐怖にかられたのだ。

『おじさん、これ何?』

『え? ああ、なんて言えばいいのかな……』

白く大きな皿に、茶色い肉の塊がドンと一つのっている。

一見して肉だということはわかったが、こんな塊で見るのは初めてだ。

その上、骨らしき固いものがつきだしている。

成形したように丸く切られた肉のまわりはチョコレートのように焼け焦げているが、その色あいはほんのわずか五ミリほどのこと。内側の肉は、切り口も鮮やかなバラ色だ。

料理の種類を知らない戸宇堂には、それが生に見えたほどだった。

大きな塊は、そのくせナイフを刺すと力を加えなくてもすんなり切れる。

得体のしれないものの相手をしているようで困惑した戸宇堂に、相原が困った顔をした。

『……本当はこっちのアミューズから食べるんだけど、そっちは四皿目のヴィアントだね。うちはアミューズとスープを食べてから、ポワソンが来て、そのあとこのヴィアントを出すんだよ。今日はエゾシカだ。骨でじっくりフォンドシュヴルイユをとったから、気に入ったらこのパンをソースにひたして食べるといい』

『え?』

『あー。フォンだよ。俺は肉より骨を長く熟成させるから調整が大変なんだけど、シュヴルイユの骨を煮込んでソースに……君、ソースはわかるかな……？』

悩んで、戸宇堂は正直に答えた。

『全部わからないです。やっぱり、食べちゃだめだったですか？』

『そうか、全部か……そうだ、おじさんの作る料理はね、フランス料理っていうんだよ』

『フランス料理……』

『君は今日お客様で、テーブルの上の料理は全部君のためにあるんだ。これがアミューズ、こっちがポワソン、今食べているのはヴィアントで、あとはデセールとプチフールもある。君、全部食べられるかい？』

きょとんとして相原の話を聞きながら、戸宇堂は自分の中で不思議な変化が起こっていることに気づいた。

胃の中で落ち着いた食べ物から、馥郁《ふくいく》たる香りが立ちのぼってくる。

舌を包んでいた味わいがいつまでたっても消えず、体中にソースとやらが染みこんでいく気がした。

今まで経験したことのない味の種類、香りの種類、食感の種類に圧倒されて怖いくらいなのに、戸宇堂はまださらに何か食べられるのだと知り、我知らず生唾を飲みこんでいた。

『おじさんごめんなさい、俺、お金ないんです。で、でも、なんとかして必ずあとでお金返すから、これ、大事に全部食べます。いいですか？』

それは、腹が減っているから食べたい、という理由ではなかった。

見知らぬ感動に、欲が湧いたのだ。

好奇心と欲望に瞳を輝かせる子供の顔をじっと見ていた相原は、相変わらず言葉選びに苦労しているような様子で口を開いた。

『予約してたお客さんに事故があって、もう料理ができていたのに、キャンセルに……。食材を捨てようとしたら君がいて……鹿《しか》が君を、うちの店に招待したんだろうね』

意味がわからず戸宇堂は首をかしげた。

慌てたように、相原がつけたす。

『鹿だよ。今、一番美味《おい》しい状態になってる鹿肉。明日から所用で店を休むから、もう捨てるしかなかったんだ。鹿肉が、誰かに食べてほしくて、君を呼んだんだろう。君、鹿肉は好きかい、この肉、美味《おい》しいかい？』

鹿が、食べられる肉だということさえ知らなかった。まさか、今自分の口の中に満ちている見知らぬ味わいが、あの角の生えた、テレビで見たことのある動物の肉だとでもいうのだろうか。

しかし、戸宇堂が気になったのはそのことよりも、相原が「一番美味しい状態」と言った点だった。

そうかこれは、美味しいという感覚なのか。

今まで美味しいと思ったことはたくさんあるのに、今初めて、戸宇堂はその言葉の意味を知ったのだ。

その日、戸宇堂は黙々と食べた。

マナーもへったくれもない。食べているものが貴重な材料であることも、手間のかかった一品であることもわかっていない。そんな子供が、皿の上を散らかすようにしてすべて平らげるのを待ってから、相原は戸宇堂を自宅に送り届けてくれた。

本当に無口な男で、家の人はどうしたんだ、と尋ねてくることはなかったが、戸宇堂は、赤の他人の相原が、無償の優しさを与えてくれたことには気づいていた。

何か返したい。

腹が減っていたことも、みじめだったことも、家族という存在に鬱屈《うっくつ》していたことも、何もかもがどうでもよくなるほどの体験をさせてもらった。

そのお礼がしたい。

けれどもそのときの戸宇堂は、小学校と我が家を行き来するだけの無力な子供で、思いついた私物といえば、学校から持って帰ってきた朝顔の花くらいのものだった。

安っぽい樹脂性の支柱に蔓《つる》をまきつかせ、いくつもつぼみをつけた鉢の中に、夜にもかかわらずぽつんと咲いている花が一つ。

その花を手折《たお》ると、戸宇堂は相原にお礼と称して手渡した。

いかめしい相原の表情が、あのとき少し笑ったことを、戸宇堂は今でも覚えている。

あれから何日後に家族が帰ってきたとか、それまで何を食べて耐え忍んでいたかだとか、そんな記憶は戸宇堂にとってあっと言う間にどうでもいいことになってしまった。

相原の料理を食べてからというもの、戸宇堂の頭の中はあの味で一杯で、いつかもう一度食べたいという気持ちは日々膨らむ一方だった。

テレビや図書館でフランス料理というものを見聞きするうちに、当然相原が食べさせてくれたものが高価なものであったことは理解できたが、だからといって諦《あきら》めるにはあまりにも魅惑的な記憶だ。

どうすれば、またあの料理を食べることができるのか……。

考えてみれば簡単な話だった。お金があればいい。

そう気づいてからの戸宇堂は、がむしゃらに勉強をした。勉強をして、少しでもいい学校に行き、いい会社に就職して、たくさん給料をもらってその金で相原のフランス料理をもう一度食べるのだ。

いや、なんなら二度でも、三度でも。

考えただけでも口の中に唾が溢《あふ》れるような、食欲まみれの野望のおかげで、戸宇堂はただ不遇の中で立ちすくむように日々を過ごしていた子供から、勉強家で将来有望な若者へと成

長していったのだった。

勉強も、教師受けのいい態度を続けることも、いよいよ金の出し渋りが激しくなった祖父母を放ったらかして、自ら奨学金制度を利用してどんどん進学していくことも、あの美しい味わいに再び巡り合うための道なのだと思えば辛《つら》くもなんともない。

そして新社会人となった春。

最初の給料が振り込まれてすぐに、戸宇堂は相原のフランス料理店を予約した。

すでにかつての地に相原の店はなく、移転してしまっていたが、そんなことは連日アンブルのホームページをチェックしていた戸宇堂は承知の上だ。

大人になれば、それなりに好きなものを食べてきたし、友達と流行《はや》りのレストランに行ったこともある。

しかし、やはり十年以上追い求めてきた相原の料理の味は絶品だった。

一度の食事で、一万円札が消えていっても何の不満も抱かない至福の味わい。

ただ戸宇堂にとって誤算だったのは、その味わいが、ゴールではなかったことだろうか。

子供だった頃は、ただ初めて知るいろんな味に驚いていればよかったが、大人になってみると、今度はその季節しか食べられない別のメニューが気になりはじめる。次は、料理にあうワインの楽しみかた。

曇り一つないカトラリーに、店内を彩るシャンデリア。金をかけた内装は、子供の頃はわからなかった高級品の威圧感に満ちている。

そういったものを取りそろえ、その中で料理を出す。

それは、きっと相原の自分の料理に対する自信であり、彼が提供しようとする料理の一部でもあったのだろう。

二度目の相原の料理は、結局戸宇堂にとって次のスタート地点となってしまった。

次は、アンブルの一部になってしまえるだけのマナーを。次は、アンブルのあらゆる演出に圧倒されない知識を。この高級な箱庭の中で、髪の毛一本にいたるまで、ふさわしくない点がないように……。

相原の料理を、いつでも心置きなく楽しみたい。

そのために、戸宇堂はがむしゃらに働き、学び続けることができるのだ。

大学からは寮生活だったので、それを期に家族とはほとんど縁を切った。

さすがに、育ててもらった恩はあるからと、就職したおりに連絡を入れてみたが、就職したのならクレジットカードが作れるだろう、と借金を促されたために、疎遠になっていった。

だが、別に寂しくはなかった。

戸宇堂にはアンブルがあるのだから。

料理がこれだけ洗練され、進化し続け、新しい味を見せてくれるのだ。自分もまだ何かできるはず、と気づけば起業までしていた。

一方で相原のレストランが不況の波に押されて閉店しかければ、援助してやることもできたし、今の人生に文句など一つもない。

たとえ、思っていたよりも早く、相原の料理が食べられなくなる日が来たとしても、今まで味わい尽くした料理が血肉となって永遠に戸宇堂を満たしてくれるだろう。

輝く記憶に、巳口優里という存在など、いらないはずなのだ……。


「すげえ……ケツからなんかくる」

「なんだお漏らしか。窓あけてやろう」

「しねえよ！　しかしさすが社長様。いい車だな。ケツにくるエンジンの振動が感動的」

戸宇堂のアルファロメオのダッシュボードには、相原の病室に飾られたのと同じアネモネが一輪、転がるようにして置かれている。

助手席に乗りこんだ巳口が勝手に置いたのだ。

エンジンの振動に揺れる花弁を見ていると、はるか昔相原に送った朝顔はどうなっただろうか、と懐かしくなる。

病院から、コーラルへ。高速はほどよく空いており、このまま十分も走れば巳口の勤務先に到着できる。百キロ近いスピードで安定するエンジン音がよほど心地よいのか、巳口は数日前の夜、戸宇堂からアンブルの件で手ひどくフられたことを忘れたかのようにご機嫌だ。

「ナースのおばちゃんから、親戚の人もマメに見舞いに来てるよって言われてたから誰かと思ってたんだけど、社長のことだったんだな」

親戚、という存在は気に食わないが、言葉そのものは便利だ。看護師に「共同経営者のものだ」と言うのも面倒なので、普段は親戚で通している。しかし、相原自身は巳口以外親戚づきあいはないはずだから、看護師から話を聞いたばかりの巳口はさぞや不審に思ったことだろう。

「すまんな。ナースステーションで馬鹿話ばかりしてる看護師相手に、あの人との関係性を言うのは面倒くさいから、勝手に親戚面させてもらってる」

「あんたのことを『いい男』って言ってたナースさんたちに、その本音聞かせてやりてえ」

「女性相手の商売だから、女の前で猫の皮を脱ぐことは一生ないだろうな」

「すげえな、息つまりそう。彼女の前でも？」

自然な質問に、戸宇堂は片眉を吊《つ》りあげた。

女に困ったことはないが、続いたこともない。

純粋に恋人も欲しいし家族を持つ夢くらいたまには見るが、いかんせん冷めた家庭で育った戸宇堂には、深く寄り添いあい、求めあう精神に欠ける。

最初は優しいエスコートを喜ぶ女性も、三か月以上経《た》つ頃には必ず「好きじゃないなら、最初からアプローチを受けないでよ」と言って去っていくのだ。

何度もその目にあいながら、一度も傷ついたことも反省したこともなく、同じことを繰り返してしまう自分に問題があることはわかっている。

しかし、これでも精いっぱい大事にしているつもりなのだ。これ以上、彼女たちが何を求めていたのかまるでわからない。

最近では、そんな人間関係からくるトラブルで、せっかく摑《つか》んだ女性客からの信頼を失うくらいなら、と女性との恋愛沙汰《ざた》を遠ざけて久しい。

少しは、そんな現実に焦りを覚えたり孤独感を覚えでもすれば、もっと自分の欠点を見つめ直すきっかけになったのかもしれないが、残念なことに戸宇堂は、女性らと語らい笑いあう日々よりも、そんな賑《にぎ》やかさの縁遠い今の生活のほうが心地よかった。

もしかしたら、とことん自分は家族や恋人といった、親密な人間関係とは無縁なのかもしれない。

その証拠に、一人でアンブルで食事をするのは楽しいのに、歴代の恋人たちとアンブルに行ったときは話題に気をつかい、相手の好き嫌いに気をつかい、楽しさが半減だった。

ぼんやりと最後につきあった女性を思い浮かべる。

まだ一年も経っていないはずだが、思いだせるのは戸宇堂の猫の皮の下の冷淡な本性に幻滅して去っていく後ろ姿ばかりだ。

そもそも、スナップ写真一枚さえ大事にできない戸宇堂に、恋人と過ごす時間を特別なものにする力が不足しているのかもしれない。

「彼女も妻もいないよ。俺よりも君のほうがどうかと思うぞ。俺の猫の皮、一着貸してやろうか？　少しはその滲《にじ》みでる馬鹿っぽさを隠せるかもしれない」

恋人がいない事実が自身の欠点をさらけだすような気がして落ち着かず、余計なひと言を添えてまぜっかえすと、すぐに巳口は挑発に乗ってくれた。

「滲みでてねえよ！」

「往生際が悪いな。だがまあ、馬鹿であることを否定しないところは褒めてやろう」

「潔いだろ」

ちらりと助手席を見ると、巳口が得意げに笑っている。

もう一つ二つ嫌味を言うつもりだったが、これでは徒労に終わりそうだ。

「……ところで、その馬鹿な息子は、ずっと悩んでることがあるんだけどよ」

笑顔をすぐにおさめた巳口が、前方を見つめたまま信じられない質問を投げかけてきた。

「社長、すげえ親父によくしてくれてるらしいけど、あんたらできてたの？　おうわっ！」

ぎょっとした戸宇堂の足が自然とアクセルを踏み込み、勢いを増した車の衝撃に、巳口の体が座席に押しつけられた。

高速が空いていてよかった。でなければ、このとんでもない疑惑のばかばかしさに、前の車に追突していた。

「そんなわけあるか！　お前の父親は、毎月レストランに予約をいれる未亡人に片思いしながら、その未亡人がある日再婚予定の男を連れてきて、店でプロポーズしあうのを涙を飲んで見守ってこっそりデザート増やす程度にはふつうの男だ」

「うお、何それロマンチック！」

「ロマンチックか？　さっさと告白したらどうです、と言ったのに、そんなんじゃないとかなんとか、切り落としたブリの頭と見つめあいながら自分に言い訳してたぞ」

「まじでー？　なんだよ、親父も可愛いとこあるじゃん。ブリの頭は可愛いしな」

　この人、いつも不機嫌そうだ。と言われるほどに渋面の染み着いた相原の、思いがけない話に巳口は手をたたいて笑う。

　そして、ひとしきり、その失恋物語について根ほり葉ほり聞いたあと「あ〜」と安堵の声をあげて座席に沈みこんだ。

「そっかそっか、親父とはそういう関係ってわけじゃないんだ。社長ってさ、ある日突然アンブル経営してて、なんかやたら側にいて、お袋に親父が倒れたって連絡してくるし、何者かいまいちわからなくってさ」

「相原さんにほかに家族や親戚がいないから、必然的にいつも一緒なだけだ」

「化粧品の会社社長で、若くて、雑誌でもイケメンとか言われてんのに彼女もいないとか言い出すし、心配になるじゃん」

特定の相手はいない、と言うと性嗜好を疑われることは今までもあったが、巳口ほど真剣に悩んでいたものはいないだろう。能天気なふりをして、内心父親の人間関係を本気で心配していたのだと思うと、戸宇堂はおかしくなってきた。

巳口は何かと欠点も多いが、今の話といい、見舞いの件といい、離婚して縁が薄かっただろう父親のことをよく気にかける優しい男のようだ。

「父親の傍に急に怪しげな男がいて、真っ先に心配することが、土地を乗っ取られるとか、詐欺とかではなくてそんなことか。君の人間関係はただれてそうだな」

綺麗さっぱり、相原との関係への誤解を消しさってやろうとばかりに小馬鹿にしたことを言うと、巳口はむっとするどころか、心配そうな眼差《まなざ》しを寄越してきた。

今度は心配事がある、というよりも、どこか同情の眼差しに近い。

「社長、むしろ土地乗っ取られるとか詐欺とか、んなことすぐ考えるほうがよっぽど思考回路ただれてると思うぜ？」

「男は外に出れば七人の敵がいるんだぞ。ただれてようと、何事も警戒するに越したことはない。君のようになんでもかんでも恋愛ごとを発想する奴が、よくもまあ厳しそうなアメリカで痛い目も見ずにやってこれたな」

「社長の敵は七人どころじゃすまなさそうだなあ。でもアメリカは確かにヤバかったかな。

一回男同士の痴話げんかに巻きこまれて、ピストル持ち出されたことあったわ。あれは漏らすね」

痛い目どころか、よく生きてたな。と、戸宇堂は巳口を見やった。

変わった体験を自慢しているようなそぶりはまったくなく、巳口は「ありゃ怖かった」と落ち着かなさそうに頬を撫でている。

「君は女でも男でもピストルでも、相手はなんでもいいのか」

「ピストルは入れるなよ！　ったく、社長も刺されないように気をつけなよ」

「俺はそんなへまはしない。面倒臭そうな女には手を出さないし、昔と違ってもう、お試しで誰かとつきあうような浮ついた歳《とし》でもないしな」

「お試しかあ。俺もちょっと前まで、フィーリングが合うとついつい誘われるままに遊んじゃってたなあ」

「いいように弄ばれてきた、の間違いなんじゃないのか？」

「む……社長、俺を子供扱いしてたら火傷《やけど》しちゃうよ？」

口は達者だが、今まで行儀よく助手席に座っていた巳口が、やおら不敵に微笑むと戸宇堂の席に軽く身を乗り出してきた。

馬鹿である、という点に目を瞑《つぶ》れば確かに色気のある男かもしれないが、火傷させられるほどの手練手管を持っているようにも見えず、思わず鼻で笑ってしまう。

「俺は誰とつきあっても冷淡だと言われるから、火傷するくらいがちょうどいいかもしれないな。あそこにホテルの看板が見えるな、その出口で降りようか。是非アメリカで遊びまくって習得した火傷技術を見せてもらおうじゃないか」

「……社長、馬鹿にしてない？」

「してる。頭も馬鹿なら下半身も馬鹿で、素晴らしい全身コーディネートだ」

「ったく、可愛くねえんだから。もういいよ、遊んでるのも弄ばれてるのもそんな変わんないしな。言っとくけど、今はこれでも落ち着いてんだから、親父に変なこと言わないでよ」

「はいはい」

仕方なく戸宇堂は即答してやった。

巳口をからかうのは面白いが、相原に負担のかかるような暴露話までする気はない。

もちろん、相原と戸宇堂の間に妙な誤解を受けていたことも。

馬鹿な話をするうちに、気づけば目的地は近くなり、高速道路の外壁の向こうにちらほらと繁華街に並ぶ高層ビルの屋上看板が現れる。

見るともなしにそれを見つめていた巳口が改まった口調で言った。

「なあ、戸宇堂社長。あらためて、今度あんたの時間をもらえないか？」

「火傷か」

「だから、悪かったって！」

「レストランの話だな」

「そう。それも含めて、全部。主治医に親父の病状は聞いたけど、倒れたときの状況とか、入院手続きどうしたとか、俺もちゃんと知っておきたいんだ」

ほんの少し、戸宇堂の胸が痛んだ。

しかし、その理由はわからない。ただ、巳口の真摯な言葉をもっともだと思う心の内側で、得体のしれない不満がうずまいている。

「リハビリだとか施設だとか、今後現実的に考えていかなきゃならないときに、他人のあんたに全部丸投げなんてできないだろ」

「……」

高速の出口が見てきた。景色の過ぎ去る早さがゆるやかになっていく。

「君のような自他共に認める馬鹿男に、そんな大事な話ができるのか？」

「で、できるわい！　俺に惚れるくらい、すげえ大人の会話してやるから覚悟しろよ！」

「前途多難だな」

「ぜん……？　……今、俺のこと馬鹿にしただろ」

相原のことは、戸宇堂が今後も世話する気でいた。何も困らないし重荷でもない。しかし、巳口の主張ももっともで、つっぱねる理由を見つけることができない。

高速を降りて繁華街に向けてハンドルをきると、遠方に、コーラルの入っているビルの看板が見えた。

「で、戸宇堂社長、時間くれんの？　くれないの？」

「やりたくないが、くれてやる。ありがたく思え」

そっけなく言い放つと、巳口は嬉しそうに笑って携帯電話を取り出した。

運がいいのか悪いのか、それと同時に目の前の信号は赤になり、停車せざるを得なくなる。

断る理由が見つからないまま、戸宇堂は仕事の連絡先ばかり入っている自分の携帯電話に、巳口の連絡先が登録されるのを落ち着かない心地で見つめるのだった。


空調のせいだろうか、アネモネがしおれてきた気がする。

車に花を置きっぱなしだと、彼女にもらったんですか、なんていらぬ話題を作ってしまうため社長室に持ってきたのはいいが、翌日出勤すると、コーヒーカップに生けておいたアネモネは元気がなかった。

しおれた花が視界にあるのは気にかかるものだった。捨てどきを考えているようで、落ち着かない。

その気持ちをさらにかき乱すようなタイミングで、総務から嬉しくない知らせが入った。

夕べ、戸宇堂の親族を名乗る男から電話があったらしい。

いつも通り門前払いの対応をしたが、巳口の件もあったからと連絡してくれた。

『ご病気だとかおっしゃってましたが、おつなぎしなくても大丈夫でしょうか』

「そうか、私の親戚には病気の奴が多いな。連日徒歩でキャバクラ通いの祖父は膝《ひざ》の手術代、存在さえ知らない従兄弟《いとこ》とやらの娘は心臓病、今度は誰がなんの病気やら」

ふと人の気配を感じ顔をあげると、社長室の扉がわずかに開き、喜野が首だけつきだしてこちらの様子を伺っている。

喜野に手招きしながらも、戸宇堂は電話口に声をかけた。

「悪いが今後も突っぱねてくれ。まったく、出世はしても雑誌やテレビの顔出しインタビューなんか受けるもんじゃないな」

電話を切ると、戸宇堂は盛大に溜息を吐いた。

「じいさんもばあさんも、いよいよ借金で首がまわらなくなったのか、年金ないから生活がやばいのか、最近手を変え品を変えだ」

「類は友を呼ぶっていうだろ。じいさんばあさんとは限らないぞ」

机の前に立つと、喜野はそう言って机上のコーヒーカップを持ちあげた。くたびれたアネモネの花を、心配そうに見つめながら続けた。

「戸宇堂さんとこの息子さん、今ベルドゥジュールの社長なんだって。やだーずるーい、おこぼれもらえないかなあ。なんて図々《ずうずう》しい奴が親戚名乗ってるってこともあり得る。たかり根性のある人間は、一つところに集結するもんだ」

「すでにいた。隣のババアが、昔リンゴお裾《すそ》分《わ》けしたんだから、お礼に商品タダにしろと言い出したときは、宇宙人が密《ひそ》かに人類を浸食しているんじゃないかと本気で悩んだな」

「……」

「やめろ喜野、興味を持つな。研究したい海外植物があればいくらでも輸入してやるが、たかってくる人間の解剖はさせてやれん」

「で、でもメカニズムが解明できるかもしれないぞ。実は人間じゃなかった、みたいな」

「一人でノーベル賞でも殺人前科でも手に入れてろ」

メガネをはずし眉間を揉むと、喜野が残念そうに机から離れていく。アネモネを手にしたままだ。

ウォーターサーバ脇のワゴンでごそごそしている喜野を放って、今日届いた封書を確認する。その中に、先日応じたインタビュー記事の刷りだしがあった。

「喜野、こないだのインタビュー記事がもうできてるぞ。お前のこと『ワイルドな雰囲気が魅力のイケメン研究者』だってさ」

「ワイルド？　アトピー肌が高じてスキンケアマニアになって、趣味はコラーゲンパックと洗顔の俺のどこがワイルドなんだ？」

さえない反論をしながら、喜野が戻ってきた。

その手が、来客時にしか使わない灰皿を戸宇堂の視界の隅に置く。

ガラスの灰皿に、茎が短くなったアネモネが寝そべるようにして生けられていた。

「これで、水の吸いがよくなるし、砂糖もいれたから少しは長持ちするだろう」

「本当に、ワイルドのワの字も似合わないな。……ありがとう」

「なんだこの記事、お前のこともべた褒めだな。優しい笑顔が魅力の紳士。女性の味方だってよ。いつかうちが詐欺で訴えられるとしたら、お前のこの微笑みに違いないな」

「イメージ戦略だ。笑顔ひとつで女の受けがよくなるなら原価もゼロだろ」

「原価ゼロかな？　そういう、余所《よそ》行き顔で自分を押し殺してるストレスを、無意識のうちに関係ない他人に発散しちゃってるんじゃないか？」

批判的な物言いに、何事かと戸宇堂は顔をあげた。

相棒の思案顔が、少し困ったようにこちらを見下ろしている。

「戸宇堂がドライでちょっと意地悪なのは知ってるけど、巳口くんにはひときわだな」

「あの男がもう少し常識的なら、俺の嫌味も半分ですむところを、あいつが馬鹿だからいけないんだ。まさか、あいつにも愛想笑いしろってのか？」

喜野は肩を竦《すく》めて応接セットに向かうと、ソファーに腰を沈め、何やら真剣に考えこみ始めた。

戸宇堂にはよくわからない研究に関する悩みでさえ、こんなに深刻ぶったりしないくせに。

普段、人の私生活や態度に口を挟んでこない男が、巳口の件でわざわざ苦手な干渉をしようとする姿がなんだか気に食わない。

しかし、ふと、似たような気持ちを昨日も感じたような既視感に襲われ、戸宇堂は拳《こぶし》を唇に押し当てた。思い出せない戸宇堂に、喜野がぽつりぽつりと言葉を選ぶ。

「戸宇堂は、巳口くんを車で送ってあげたり、たかが花一輪、大事にとっておいてあげたりしてるわけだろ。そっちが、ほんとの気持ちだと思うから、無理やり冷たく突き放さなくてもいいんじゃないかと思うんだよ」

突き放したつもりなんてない。ただ、あの馬鹿な若者が煩わしいだけだ。

とっさにそう言いそうになった戸宇堂の唇は、しかし動かなかった。

はたと思い出す、昨日巳口と車内で話していたときの不快感。

「相原さんを心配する者同士なんだからさ、仲良くしたらなんて言わないけど、あまりつんけんするなよ。戸宇堂も、彼がいると寂《さび》しくなくていいじゃないか」

「馬鹿、そもそも俺は寂しくもなんともない」

思わず反駁《はんばく》したものの、戸宇堂は顔が熱くなるのを自覚していた。

同士なんていわれてはたまらない。と思ったそばから、戸宇堂はようやく自分の抱いていた不快感の正体に気づく。

自分が相原の世話をして当然だと思っていたのに、颯爽《さっそう》と現れかいがいしく父親の世話を焼く巳口に、相原をとられたような気分になっていた。

息子だから、父親のことで話し合いたい。

そう言われてしまえば断る術《すべ》も思いつかず、つい巳口を敵視していたのだ。

家族なんてものは興味がないのに、他人の家族までは壊せない。あの二人が親子であるが故に、自分だけ取り残されたような心地を自覚すると、なんとも大人げなくて恥ずかしい。

ついでに、こうして喜野まで巳口の味方をするものだから、いっそう嫉妬《しっと》の炎が燃え広がっていたなんて……。

「そう?　ここんとこずっと、寂しそうに見えてたけど」

「だから、寂しくないって言ってるだろ。もういい、お前は巳口の話をするな」

あまりの羞恥《しゅうち》に、戸宇堂は強く喜野を制した。

改めて巳口のことを考える。やっぱり気に入らない。

けれども、彼には戸宇堂しか知らない相原のことで、伝えてやらねばならないことがたくさんある。

そのことを意識するといてもたってもいられず、戸宇堂はソファーの上でしょんぼりと肩を落としてしまっている喜野に声をかけた。

「喜野、どうだろう、やっぱり巳口くんに相原さんの件で相談するなら、個室のあるタイプの店のほうがいいだろうか?」

「……巳口くんの話していいのか？」

「……俺が悪かった」

恥ずかしくなってうつむいた戸宇堂の視界で、萎縮していたはずのアネモネの花弁が、柔らかく膨らんでいる姿があった。


地下鉄の駅から直結している中堅ホテルは、地階から三階までがレストランやブティックのフロアとなっており、その三階にあるレストランバーに、戸宇堂は巳口を呼び出した。

こぢんまりとした店で、カウンタースペースとボックス席が五つほど。

レストランといっても、その日の手書きメニューに書かれた料理は五品ほどしかない。

客の主な目的はワインで、戸宇堂らが座った席からは、カウンター内にずらりと並べられたピカピカのワイングラスがよく見える。

「はあ〜。やっぱ社長ってのは、おしゃれなワインバー知ってるものなんだな」

ワインのメニューを覗きこみながら巳口は感心している。

「やばい店につれてこられたと思ったけど、けっこう安いんだな」

「大きな声で失礼な奴だな。そもそもホテルの客層がそんなに高級嗜好ってわけじゃないから、あんまり高いボトルを置いても捌《さば》けないいんだろう。どれでもいいから、好きなのを一本ずつたのめ」

「一本ずつ？」

「赤と白。今日は、店のメニュー全部持ってきてもらう予定だからな」

巳口からもらったアネモネの花はすっかりしおれて、捨ててしまった。

だが相原の見舞いに行けば、新しい花が生けられていて、巳口がまめに見舞いに来ているのだろうことは想像がつく。

喜野の指摘で色眼鏡《いろめがね》がとれたせいか、巳口に対してちょっとしたことで苛々《いらいら》することはなくなっていた。しかし、そんな戸宇堂の変化を知るはずもない巳口は不安顔だ。

「な、なんだよ気前のいいこと言って……こんないたいけな若者捕まえて、何か企《たくら》んでるだろ」

「いたいけ？」

せっかくの改心もむなしく、馬鹿か君は、と罵倒しかけたところで、巳口が目を瞑った。

不思議に思い見守っていると、机に広げたワインメニューの上で、伝票用のペーパーウェイトをさいころのように投げてみせた。

子供か君は。という言葉を飲みこむうちに、そっと巳口が目を開き、ペーパーウェイトの落ちた先のリストを指さした。

「よし、これとこれに決めた！」

「斬新なペーパーウェイトの使い方だな……」

店員の行き来で話の腰を折られたくない、と思い、ワインも料理もまとめて持ってきてもらうと、テーブルの上は一気に華やいだ。

「おお、けっこう凝った料理だな。これは、一気に食べたらもったいないや。楽しみ！」

店員には頼らず、手ずから白ワインをお互いのグラスにそそぐ戸宇堂に、巳口ははしゃいだ声をあげてから、少し殊勝げな表情になって続けた。

「なあ、俺、こんな贅沢させてもらおうと思って誘ったわけじゃないんだけど」

「贅沢ってわけじゃない。価格帯なら、君の働いてる店とそんなに変わらないだろ」

「いや……今日の約束するとき、あんたが奢ってくれるって言ったから、なんかだんだん申し訳なくなってきてさ」

ボトルをテーブルに置くと、戸宇堂は乾杯もせずに自分のグラスを傾けた。

「せっかくだから、君にふさわしい店で話をしようと思っただけだ」

「まあ確かに、俺はこういう店の似合うイケメンだな」

「飲む前からもう泥酔か。そうじゃなくて、料理の話だ。この店の料理長は、一昨年まで相原さんの厨房で働いていたんだ」

「えっ？」

妄言を放ったのも忘れて、巳口はカウンターの向こうへと首をつきだした。しかし厨房までは見えない。

「相原さんはほとんどの仕事を自分でする人だったから、あの人の下で働いてた料理人は少ない。近場で相原さんの味を懐かしめる店が、今はここしか思いつかなくてな」

相原の話をするならば、相原の歴史が少しでも感じられる料理と一緒に。と話し合いの場にここを選んだのだが、巳口の表情に浮かんだのは困惑だった。

もっとはしゃぐか何かすると思ったのだが。

しかし、気にとめないことにして戸宇堂は話を進めた。

相原が倒れたときの状況。巳口は同席しなかった手術の説明と、レストランの共同経営に関するうちわけ。

明るい話ではない。レストランの権利はほとんど戸宇堂にあるから、巳口のつけいる余地はないし、相原自身の話は、あの病状だ、悪い報告しかしてやれない。

戸宇堂が手を出せなかった点といえば、相原の保険に関する手続きだけで、加入保険についての書類はレストランではなく相原宅にあるため触っていない。

ともすれば戸宇堂は、相原が動けないこの期に、相原の財産を盗もうとしたなどという誤解を受ける可能性もある立場にいるが、幸い巳口はそういう視点の持ち主ではないらしく、滞っている納税手続きを、相原の口座から戸宇堂が行っていることを知っても文句一つ言わずにうなずいている。

必要な事項を一通り述べたあとで、戸宇堂は巳口の顔を覗きこんだ。

「君が知らない、相原さんの事情については以上だ。質問はあるか？」

じっと見つめると、巳口は無言のままワイングラスを手にとった。

ほとんど減っていなかったスペイン産の白を、水でも飲むように一気に喉に流しこむ。

父親の受難にひたすら耳を傾けていた若い男に、野暮《やぼ》な飲みかたをするなと言う気にはなれず、戸宇堂は返事を待つ。

「あー……じゃあ、質問しにくいんだけど一つだけ」

「どうぞ」

「全部で、いくらかかった？」

意外な言葉に、戸宇堂のグラスを持つ手が止まった。

真っ先に金の話。一瞬、家族の古い記憶が脳裏をかすめるが、巳口の口調には、相原の金を勝手に動かす戸宇堂への非難も、逆に、金の無心のような色もない。

わけがわからず首をひねると、巳口はジャケットの内ポケットから封筒を取り出した。

「入院費用だけでも、個室だから三十万超えるだろ。それに手術代に、おむつとかもろもろの費用。あと、毎日見舞いに来てくれてたら、ガソリン代も相当かかってるだろうし。とりあえず、いきなり大金持ち歩くのもあれだから、五十万だけ用意したんだけど」

白いテーブルクロスの上を、少し厚みのある封筒がそっと戸宇堂に向かって滑りこむ。

切り傷や火傷のあとのある巳口の無骨な指には、その殊勝な態度に似合わぬスカルの指輪がきらりと光っていた。

「いや、そういうことは、ちゃんと相原さんに相談して、銀行のカードを一つ預かっているから、俺が負担してるわけではないんだ」

「そうなの？」

「ああ。まさか、こんな気をつかってくれるとは思ってなかったから言い忘れていた。悪いことをしたな」

封筒を押し戻そうとしたが、その上にのったままの巳口の手がぴくりとも動かないためそれも叶《かな》わない。

金にがめつい人間ならたくさん見てきたが、誠実な人間は滅多《めった》に出会えない。

当たり前のように巳口が戸宇堂の負担を慮《おもんぱか》ってくれていたことにうろたえ、戸宇堂はそれ以上言葉が浮かばず、巳口と封筒を見比べた。

「戸宇堂社長。俺、何で返したらいいかな？」

「何って……？」

薄暗い間接照明の光が、巳口の眼球に凝縮されたように、彼の瞳は揺れていた。きらきらしていて、吸いこまれてしまいそうだ。

封筒の上でかすかにふれあう指先が、小刻みに震えていることに気づく。

「社長がいなかったら、今ごろ親父はって思うと、感謝してもしきれなくてさ」

「……」

馬鹿だと思っていた巳口の純粋な感謝の気持ちを目《ま》の当たりにして、急に居心地が悪くなる。

父母が離婚して、父親とは離れて暮らしていた。そんな巳口が、どうしてそこまで相原を心配できるのか、戸宇堂には理解しがたい。

自分がもし、巳口と同じように父親に何かあって、赤の他人がそれを助けてくれたとしたら、自分ならどうするだろうか。

物好きな奴がいると思うだけだろう。

相原と巳口の親子の情を見せつけられると、自分の冷たい人間関係観にうしろめたさを感じる。彼らを見習おうとは露ほども思わないが、彼らに自分の人情の未発達さを知られてしまうことが恥ずかしく思えてくるのだ。

だから、戸宇堂はワインを飲むふりをして目を逸《そ》らすと茶化すような言葉を選んだ。

「殊勝だな。初めてうちの会社に来たときにもその可愛げのある態度をとっていれば、俺も少しは優しく応対してやったのに」

「だ、だから前も言ったけど、あんたが敵か味方かわかんねえから警戒してたんだって！」

「だから、そこからしておかしいんだ。敵ならなおのこと、相手の懐にもぐりこんで本音を探らないと意味がないだろう。君、俺が相原さんの財産のっとる敵だったとしたらどうやって戦うつもりだったんだ」

「な、なんだよそのホラー。戦う前に人間不信になるぞ、そんなもん」

「何を馬鹿な。この程度のことで人間不信だなんて頼りないことを。そもそも人間不信になるまえに、人を簡単に信用するな。そんなことじゃ、アンブルを継ぐどころか、自分の店をもてる日がくるかも危ういぞ？」

相変わらず人の感情を逆撫でするような言葉選びに、しかし巳口は眉をしかめながらも、真剣に悩みはじめた。

「と、戸宇堂社長こそ、すでに人間不信ウルトラマックスなんじゃねえの？　いや、でも成功してるしな……まじか、社長みたいに底意地悪くなきゃ、経営なんて無理なのか……」

さりげなく失礼なことを言いながら、巳口のワインが減っていく。

父を心配する真摯な表情から一変、またいつもの百面相が戻ってきたことに安堵したせいか、戸宇堂もつい、巳口のグラスがからになるたび注いでやってしまう。

気づけば、料理はほとんど減っていないのに、白ワインのボトルだけが空っぽだ。

「そもそも社長って、なんで親父のレストラン経営してるんだ？　俺が学生だった頃は、自分で経営してた記憶があんだけど、社長のこと知れば知るほどのっとりみてえで怖くなってくるぞ」

「失敬な。のっとるならあんな潰《つぶ》れかかってた店は選ばん。最近は伝統的なコース料理を出す店は老舗の有名店ならともかく、なかなか注目を浴びない。俺がアンブルを買い取る前の数年間でたまった負債が爆発寸前だった。俺はあの人の料理のファンでな……もっと食べていたいから、そのためだけに相原さんに直談判して、経営を引き継がせてもらったんだ」

テーブルには、まだ魚料理が並んでいる。肉料理は鴨《かも》のサラダのみだというのに、頓着《とんちゃく》していないのか話に夢中なのか、巳口は赤ワインのボトルを抜きはじめた。

さすが、毎日職場でやっているだけあって優雅な手つきだが、魚介の出汁《だし》で固めたテリーヌや、百合根《ゆりね》とウニのムースなどにはあわない気がする。

そんな戸宇堂の疑問顔を気にもとめず、巳口は少しほっとしたような顔をして情けないことを言う。

「なんだ、親父でも失敗してたんだ。ってことは、俺がレストラン継いでも大丈夫だよな」

「……なんでそうなるんだ。コルク抜きが脳味噌に刺さったのか？」

「刺さってねえよ！　社長ってわけわかんねえや。意地悪だと思ったら優しいし、親父にいろいろよくしてくれるわりには、親父の帰る場所は何がなんでも潰そうとするしさ」

「何？」

巳口が、赤ワインをグラスに注ぐと、そのボトルを今度は戸宇堂に向けて傾けた。

「だってそうじゃん。アンブルは親父の一部なんだぜ。レストランなくなったら親父……なんつうか、寄る辺がないだろ」

「……」

「親父が帰る場所がなくなっちまうっていうか……あー、くそ！　また暗いこと言っちまった」

巳口は、悔しげにそう声をあげると、赤ワインを一気に飲み干す。暗がりで気づかなかったが、頬が赤い。

食べずに飲んでばかりだ。今更、悪酔いが心配になって戸宇堂は巳口のグラスを摑んだ。

「おい、飲みすぎだぞ。少し何か腹にいれろ」

「また、そうやって話はぐらかすし」

「はぐらかしてない。大事なことだ。居酒屋じゃないんだから、酔いつぶれて醜態さらしたら、一部始終録画して相原さんに見せるからな」

鬼！　と言って顔を青くした巳口が、慌てたように水を飲むのを見ながら、戸宇堂の胸がちくりと痛む。

この様子では、さっき、戸宇堂が深刻な空気を避けて話題をそらしていたことは気づいているようだ。巳口は水のはいったグラスを頬に押し当てながら恨みがましく言い募る。

「戸宇堂社長は、金も受け取らないし、俺なんか役立たずみたいな顔するけど、俺だって頑張ってるんだぞ」

「ああ、わかってるわかってる」

「わかってるなら、レストラン閉めるとかいうなよ。それも、そんな意地悪な顔して」

「なんでそうなるんだ。やっぱり酔ってるだろ」

酔ってない。といって、巳口はテーブルで放ったらかしにされていた金の入った茶封筒を、あらためて戸宇堂に押しやる。

「親父、あんな状態なっちゃって、絶対すごく不安なんだから、もっと笑えよ社長。俺だって笑ってるだろ。ぶっちゃけ、マジで毎日、見舞い行ったあとは泣きそうでやばいけど、親父にはめいっぱい元気な姿を見せてんだからさ。社長も意地悪なことばっか言うなよ」

泣きごとのような、けれども優しい言葉に、戸宇堂はいつものように冷たい言葉を吐けずに弁解した。

「あ、相原さんには意地悪言ったりしていないぞ、君にだけだ」

「……ってことは俺にはやっぱり意地悪言ってるんじゃんかー」

ふわふわとした声音が不満をつらねるが、暴れるわけでもなし、何か無理難題をふっかけてくるわけでもなし。

店には迷惑をかけたくない。帰るときには、巳口をタクシーに押しこみ、一緒に相原宅まで送ってやるしかなさそうだ。

だが、せめて今だけは、相原の香りのする料理の数々を味わってもらいたくて、戸宇堂は巳口にうながした。

「巳口くん、ひとまず何か胃にいれろ。さっきからパンばかり食べてるじゃないか、せっかくの料理がもったいないぞ」

「社長は、ここの料理、旨いのか？」

「ああ、でなきゃ君を招待する理由がないだろ」

ようやく戸宇堂は違和感を覚える。

最初は、テーブルに並んだ料理にはしゃいでいたはずの巳口だったが、相原の部下の料理だと知ってからまったく食がすすんでいない。食べているものといえば、パンと、つまみのオリーブ。それにサラダの葉野菜を、気がなさそうにつつく程度。

しかし、戸宇堂に言われてようやくその気になったのか、そのフォークの先端が初めてまともに料理に刺さった。

テリーヌを一口とった巳口は、その琥珀《こはく》色の断面をしばらく見つめたあと、感情の見えない表情のまま口に含んだ。

歯などいらないだろうとろける舌触り。口いっぱいに広がる魚介の香り。

その優しい味わいにも、巳口の表情はゆるまない。

巳口の大きな口が、ものを食べるにしては不自然にもごもごと動いた。味の変化の、小さな点の一つも逃すまいとしているようだ。

次に、赤ワインに手が伸びた巳口を見て、戸宇堂は自然と、白ワインのまだ残っている白分のグラスを差し出してしまった。

少し驚いた瞳に見つめ返され、戸宇堂は慌てて言い訳を考える。

「いや、見てられないからな。その料理に、こんな濃い赤ワインがあうと思うのか？」

いつもの、小馬鹿にした態度をとるのは簡単だったが、戸宇堂の内心はうろたえていた。

ワインは好きだし、こだわりたいときもあるが、必ずこれには白、赤、だの他人に押しつける気はない。

それなのに、巳口が真剣に料理を味わっているのを見ると、口を出さずにいられなかった。

料理長が鴨のサラダのために選んでくれた赤ワインは、かなり濃厚な香りとスパイシーな後口で、今それを飲めば、巳口が味わったものなど吹き飛んでしまうだろう。

せっかくの相原の料理の記憶さえ消えてしまいそうで不安だ。

それが伝わったのか、巳口は気分を害した様子も見せずに、戸宇堂から白ワインを受け取ると、なめるように一口だけすすった。

「戸宇堂社長、親父の料理も、こんな味してるのか？」

静かな問いに、戸宇堂は目を瞠った。

「まさか君……」

「食ったことないんだ」

そう言って、ワイングラスを返してくれる表情と、以前コーラルで、巳口の技術はアンブルにふさわしくないと言ってやったときの表情が重なった。


「それでさ～親父ってば、熟成足りてない部位で出汁《だし》とっても意味がないって、そのまま鍋の中身全部捨てちゃったんだぜ。あんなことすんの、テレビに出てくるラーメン屋とかだけかと思ってたよ。無言であんなことされるくらいなら、怒鳴られたほうがマシだと思うんだけどなあ」

「はいはいはいはい。巳口くん、その話五回目だ。そのあとは、そのへんました従業員が変わりの肉を仕入れにいかされて、そのまま帰ってこなくてその日は休業したんだろ」

「そうそうそう。さすがアンブルのオーナーだけあって、社長はよく知ってるなあ～」

「だから五回目……はあ、もういい」

誰が見ても「酔っぱらい」とわかる、ふらつく巳口の体を支えながら、戸宇堂はベージュの絨毯《じゅうたん》が続く長い廊下を歩いていた。

さっきまで食事をしていたレストランの入っているホテルの、宿泊階の廊下だ。

帰り際にようやく顔を見せたシェフが、酔っぱらっている巳口を心配してホテルの割引チケットをくれたのだ。シェフに「ねえねえ、さっきの料理、親父の味？」とふにゃふにゃ尋ねた巳口は、ほとんどがそうだと知って丁寧に礼を言っていた。

美味しかった、いい経験になった。という巳口の言葉にどこか寂しそうな響きがあったのは、気のせいではないだろう。

まさか巳口が、父親の料理を食べたことがないとは思わなかった。

あれから巳口はよく食べ、よく飲み、そしてよく喋った。

話題は相原のこと。そして、巳口の語る相原は、戸宇堂の知らない相原ばかりだった。

幼い頃の巳口が、ときおりアンブルの厨房を覗いて目にするのは、いつもしかめ面で怒っている父の姿ばかり。無口、というより元来の口下手は、怒ることに向かないのか、すぐにスタッフの手を止めて調理中のボウルを奪ったり、鍋の中身を捨てる父は幼い巳口にはとても怖い人に見えたようだ。

テーブルセッティングやカトラリーの手入れ一つにしても、気に入らなければ黙ってホール係の手から仕事を奪い、自分でやる。

誰も彼もが、相原が怒っているのはわかるが、どうすればいいのかわからない。おかげで、昔のアンブルでは長く勤めることのできるスタッフはいなかった。

しかし、そんな気難しいばかりの男の姿を「渋い」といって好む物好きもいる。

巳口の母がそうで、当時アンブルのオーナーだった男の娘が、相原の妻だったらしい。

巳口が五歳の頃に、二人は結局離婚することになるが、それでも母は巳口に「お父さんは、料理の腕は誰にも負けないんだから、料理の道を目指したいならもっとあの人を尊敬しなさい」と口うるさかったそうだ。

相原の口下手加減は、スタッフと相原の間の橋渡し役をしていた戸宇堂にもなじみ深い話だが、もう還暦の相原はずいぶん丸くなっている。だから、二十年も前の相原の意外な姿は少し新鮮だ。

離婚がきっかけで、相原は当時のオーナーから契約を打ち切られ、アンブルを移転させることとなった。

子供の頃は怖かった父親が、一人ぼっちでどこかへ行ってしまう。

そう自覚したとたん、巳口は急に父が可哀想《かわいそう》になって、週末になるたび相原の元へ通ったらしい。

子供の頃の巳口は、今よりもっとやんちゃだったのだろうと想像すると笑ってしまって、巳口は拗ねて何杯もワインを飲んだ。つられて戸宇堂もずいぶん飲んでしまったせいで、今では巳口ほどではないが戸宇堂だって十分酔っぱらっている。

ホテルの部屋につき、室内に足を踏み入れると巳口がまた何度目になるかわからない話をループさせた。

「料理の専門学校に行くって決めたとき、親父すげえ喜んでくれたんだよ。いや、あんまりさ、喜んでるとか怒ってるとかわかりにくい人だけど、なんかそわそわしてた」

その続きを覚えているが、戸宇堂は言う気にはなれずに巳口をベッドに寝かせてやる。

スプリングの反動に、心地よさそうに頬をゆるめる巳口は、すでに夢現《ゆめうつつ》のようだ。

「とにかく、喜んでるのがわかってさあ、俺逃げちゃったんだよ」

フランス料理を専攻し、父と同じ道を進もうとしている。もちろん巳口自身が「この道を行こう」とやる気満々で決めたのだ。

にもかかわらず、相原が喜んでいることに気づいたとき、巳口の脳裏によぎったのは幼い頃の思い出だった。

「急に怖くなったんだ。みんなが親父の料理はすごいっていう。あんなに喧嘩して別れたおふくろでさえ言うからな。あんなに店辞めたがってたスタッフも、客になって店に顔だすくらいだし」

巳口の声がふわふわと溶けていく。

語尾がはっきりせず、このまま寝入ってしまいそうだ。

それでもまだ続く言葉に耳を傾けながら、戸宇堂は巳口の傍らに手をついて、ベッドの枕元にあったメモにもう片方の手を伸ばす。

割引チケットと、何かメモ書きくらいは残していこう。

しかし、壊れたレコードのように相原との思い出話を語る巳口を相手に、いつものような嫌味な一言が思いつかない。

「俺、親父に認めてもらおうと思ったらきっと料理嫌いになっちまう。もしかしたら親父と比べられるだけでも、もう嫌になるかも。料理が嫌いになりたくなくて、俺は親父から逃げたんだ……」

でも、と巳口がほとんど寝言のように続けた。

「こんなことになるなら、親父の料理、食っときゃよかった……」

ベッドサイドのランプだけつけた薄暗いホテルの一室に、取り返しのつかない後悔の声が小さく響き、消えていく。

ベッドに乗りあげるようにしてメモに手を伸ばした体勢のまま、戸宇堂は巳口を見下ろした。

枕に届かずシーツに頭を沈ませたまま、じっと目を瞑《つぶ》る青年はどんな夢を見るのだろうか。それどころか、毎日相原のいない相原の自宅に帰り、どんな気持ちでいるのだろう。

家族と離れて一人ぼっちになった父のもとに、毎週のように顔を出す息子。父から逃げた先のアメリカでも、毎週のように写真つきでメールを送っていた。父の仕事姿は怖かった、と愚痴を漏らしながら、明らかにその背中を追っている。

話を聞く間も、尊敬や愛情、恐怖や苛立ち、いろんな感情を相原に持ちつつ、どれもぶつけられないまま悶々《もんもん》とする巳口の心が伝わってくるようだった。

どれもこれも戸宇堂には無縁の親子愛で、それを一人で抱きしめ、不安を押し殺して笑顔を作り、相原の見舞い先に現れていたのかと思うと戸宇堂の中に見知らぬ感情が湧く。

同情だろうか。

こうして、眉間に皺《しわ》を寄せて辛そうな顔をしている寝顔よりも、いつもの馬鹿な姿と明るい巳口の笑顔が見たくなる。

「何を馬鹿な」

ほんの少し前まで、相原を取られるような気がして嫉妬していたのに、弱っている巳口を見たとたんほだされるなんて現金な話だ。

慌てて巳口から視線を逸らすと戸宇堂は枕元にチケットを置いた。そしてメモに手が届きかけたところで、気づけば戸宇堂の腰は巳口の腕に捕われ、ぐいと力強く引き寄せられる。

慌ててシーツに手をつくが間に合わず、二人の体はベッドで抱きあうような格好になった。

驚いて巳口を見ると、寝ぼけているのか、まぶたをこすりながら巳口があくびをしている。

「あれ？　なんか大量の鴨に睨まれたから一羽捕まえたら、社長……？」

「……すごい形相《ぎょうそう》で寝てるから心配してやったら、なんてくだらない夢見てるんだ、君は」

抱きついた正体が鴨でなかったことがよほど悔しいのか、納得いかない表情で眠たげな目を瞬《まばた》かせると、なぜかそのまま巳口は戸宇堂の胸に顔をうずめてきた。

逞《たくま》しい二の腕は強靭《きょうじん》で、こうして抱きしめられると妙な焦燥感が生まれる。

そのくせ、胸元からくぐもった声が聞こえてくると、何か返事をしてやりたくなった。

「社長〜、さっきの料理旨かったか？　親父の味っぽかったか？」

「あの人の料理は、ブイヨンとかの出汁が相原さん直伝で、味わいがよく似てる。軽食タイプの料理が多い店だから、何もかもそっくりかと言われたらそういうわけでもないんだが……」

巳口が顔をあげた。戸宇堂の返事の続きをせがむように見つめる瞳が、驚くほど近くにある。

こんなときに限って、以前巳口から聞かされた話が脳裏に蘇《よみがえ》る。

——俺もちょっと前まで、フィーリングが合うとついつい誘われるままに遊んじゃってたなあ。

つっこんで聞いてはいないが、男も女もいけることを否定することもなかった。

さて、フィーリングが合う、というのはどういう基準だろうか。こうして、ホテルのベッドで酔っぱらって抱きしめられたまま抵抗しないのは、巳口の目にどう映るだろう。

気になりだすと止まらない。

ふと我に返ると、部屋は静寂《せいじゃく》に包まれていた。

最後に何を言ったのか、戸宇堂の記憶にはない。さっき食べた料理の話と、相原の料理の話を教えてやっていたつもりが、いつのまにかぼんやりと巳口と見つめあっている。

らんらんと輝く巳口の瞳が、まるでこちらの懸念を見透かしているようで、とたんに恥ずかしくなって戸宇堂は起きあがろうとした。

けれども、巳口の腕はゆるまない。

「社長さ、さっきの料理の基本の下味とかが親父そっくりなのはわかったけど、鴨はどうだった？　サラダに入ってた、鴨のロースト」

シーツに沈んだ横顔を、さらに沈ませるように首をかしげながら巳口がそう言った。

いつの間にか酔いが遠ざかったのか、さっきよりもずっとはっきりした物言いだ。

一緒になって、戸宇堂も首をかしげる。

「あー……記憶にないな。食べるまでは楽しみだったんだが、俺は美味しいと思わない限り、あまり覚えていないたちなんだ」

「ははは、何それ。いいなあ冷たくて。その分、美味しいものはいつまでも覚えててくれるってわけだ。ガスコンロみたい。火つけてないときは超冷たいの」

「……ガスコンロは鉄なんだから、そりゃあ冷たいだろ。何言ってるんだ馬鹿」

冷たいなんて、つきあった女に言われなかったことがない。喜野にさえ、写真を捨てたり、去っていった女のアドレスをすぐに消去すると「冷たい」と言われることがある。

しかし、こんなよくわからないものに例えられ、しかも「いいなあ」なんて言われたのは初めてだ。

よくよく馬鹿な男だと思うのに、心がふわふわとしている。今さら、戸宇堂のほうが酔いが回ってきたのだろうか。

「そっか、さっきの鴨覚えてないか。なあんか普通の味だったから不思議でさ。鴨のローストといえばフランス料理の定番だろ。親父の直伝であの味なのか気になって」

言いながら、なぜか巳口の顔が近づいてきた。

まずい。そう思っているのに嫌悪感が胸に湧かないまま、戸宇堂の唇に相手の唇が重なった。

薄い唇をつついた舌先が、呆然《ぼうぜん》としている戸宇堂の口腔にそっと忍び入る。

巳口の舌は分厚かった。弾力があって、ワインと、微かに鴨の香りがする。その香りに誘われるように戸宇堂も舌を伸ばすと、ねっとりと分厚い舌になぞられる。

長らく女ともご無沙汰だった戸宇堂の体が官能の期待に震えた。

キスなら今までたくさんしてきた。

どれもこれも女の小さくて控えめな舌ばかり。こんなにも肉厚でよく蠢《うごめ》く舌は覚えがなく、戸宇堂は初めての食材を口に含んだような気になってくる。

ざらつく粘膜を舐め、内頬のなめらかな感触を何度も味わう。大きな口にふさわしい立派な歯を舐めようとすると、その舌先を優しく噛まれ、今度は戸宇堂の舌がすすられる。

喉の奥が震えた。

「は、ふっ……っ」

息苦しいのに、それでも巳口の舌を味わうことがやめられずにいると、急に舌が戸宇堂の中から退いていく。呼気が絡まり合い、その熱気でいつの間にかメガネが曇っている。

そのせいで、視界がぼやけて巳口がどんな顔をしているのかはわからなかったが、耳に触れた巳口の声はどこか甘えた色気があった。

「今のが、さっきの鴨の味。どう、親父の鴨の味と似てる？」

「……」

腰を抱かれ、二人でベッドに寝そべり、キスまでして、それなのに戸宇堂は焦るどころか、巳口に何か答えてやりたくて自分の記憶を探っていた。

確かに、キスのおかげで鴨の香りが口腔に蘇っている。

独特の濃い鳥肉の香りは甘く、巳口の舌の感触を思い出すように自分の歯列を舐めると、ワインに包まれた鴨の脂の味をほんのり感じた。香りを追いながら、記憶をまさぐる。

鼻腔の奥が求めるのは、もっと濃厚で激しい香り。

相原の鴨のローストは、そのソースの種類や、メインに出したものか、前菜に出したものかでそれぞれ味わいは違うのだが、その中でも今日食べたものは薄切りにしただけのシンプルな、それこそ鴨の味だけを追い求める一皿だ。

どのくらい食べていないだろう。

少なくとも相原が倒れて一か月。彼の料理はおろか、レストランで彼の下ごしらえの香りをかぐことさえできないまま、相原の料理の味を思い出そうとしたこともない。

「いや、似てない」

「似てない？」

巳口の大きな手が、戸宇堂の唇を撫でた。

皮膚と皮膚が触れあうほんの小さな点から、ちりちりとした快感が生まれる。

血流にのって、小さな刺激が、香りとともに体中を巡るのを感じながら、今度は戸宇堂のほうから巳口に顔を近づける。

キスはしない。けれども、そのいつもかしましい唇を舐めると、また鴨の香りがした。

「もっと、相原さんの鴨は……脂が薄かった。それなのに噛んでも噛んでもこってりした肉汁が溢れてくる」

さっき食べた鴨肉は確かに大した味ではなかった。

美味しいことは美味しいが、記憶に残る味ではない。

それなのに、その鴨の香りを追いながら相原の料理を思い出そうとすると、次から次へと古い感動が蘇ってくる。

スナップ写真なんて意味はないと思っていたが、もし写真が「味」まで撮れるような存在なら、今頃、戸宇堂のデスクにも相原の料理の写真が溢れかえっていたかもしれない。

「あれは、そうだな、キャラメルみたいだった」

「皮目が、カリカリで？」

「そう。切ると、中の赤い肉肌からじわじわ、汗みたいに肉汁が染み出てくる」

記憶の波に煽られ、たまらず戸宇堂の喉が鳴った。

鴨肉は弾力があって繊維質だ。そのくせ、相原の作った鴨のローストは口に含めば、しっとりと肉肌が舌に吸いついてきた。

あ、と思い、戸宇堂は巳口の唇に自分の唇を重ねた。

再び舌を絡めあうと、巳口が、戸宇堂の舌に残る味の記憶でも追うかのように貪《むさぼ》ってくる。

粘膜の触れあう感触に、夜の生活などご無沙汰だった戸宇堂の体が震えた。

「ん、むっ……ふっ、こっちの、ほうが似てる」

「どれ、どの味が？」

「味じゃなくて、君の舌の、舌触り。弾力があって、あの人の鴨肉みたいだ」

気づいたとたん、愛《いと》おしくなってくる。

もう一度相原の料理が食べたい。無理な夢など抱くだけ無駄だと思って、考えもしなかったのに、初めてそんな欲求が戸宇堂の胸に浮かんだ。

無心で巳口の舌を味わううちに、戸宇堂は彼の上に身を乗りあげさせていた。

ベッドが軋《きし》んだ音をたてるのもかまわず巳口に覆《おお》いかぶさると、縋《すが》るように太い腕がこちらの腰を追ってくる。

今までよりもっとずっと強く抱きしめられ、だんだん自分が深いところに足を踏み入れようとしていることに気づく。けれども戸宇堂はキスを止めることさえできなかった。

舌を伸ばし、ねっとりとした内頬を撫でるとまた別の舌触り。これも何かに似ている気がする、とばかりに食欲が膨らむ。

鴨と、ワインの香り。

なまじ弱々しく物足りない香りだっただけに、なおさらもっと美味しいものを求める戸宇堂の欲望は深まっていく。

「巳口くん、なんて言ったら伝わるだろう。本当にもっと、美味しかったんだ。あんなに旨いものはない」

もう、相原の完璧な料理を食べる機会はないかもしれない。

にもかかわらず、そんなことを言うのは残酷だとわかっていたが、それでも言わずにはいられずに口にすると、くるる、くるる、と、空気の抜けるような音が響き渡った。

重なり合った戸宇堂と巳口の腹の間で、どちらともなく腹の虫が鳴いた音。

その音色に、ようやく二人してキスを止める。

「……」

間抜けな音だ。それなのに、巳口は笑うどころか掠れた声で言った。

「やばい、すごく腹が減る」

五皿の料理に、パンとナッツ。ワインをたっぷり飲んで店をあとにした。

空腹のはずがない。

それなのに、戸宇堂も巳口に同感だった。

腹が減った。けれども、今一番食べたい料理を食べることはできない。

「社長、もっと教えて。その鴨、どのくらいの厚みに切ってた？　っていうか、どんな料理だった……？」

付け合わせの野菜は何？　どんなコースで出してた？

ささやくような質問が耳朶《じだ》に触れるたび、戸宇堂の脳裏から舌へ、懐かしい味が蘇る。

もう二度と食べられないかもしれないその味が、再び自分の中に溢れてくるのがたまらなく幸せで、けれども苦しいほど切なくて、戸宇堂は躍起になって記憶を探った。

巳口が求めれば求めるだけ、自分の中から懐かしい味わいが蘇ってくる。

相原の料理のことは、もう考えないようにしていた。美味しかったという記憶は残っても、味まで思いだせないと思いこんでいた。

けれども、今まで食べた相原の料理を、請われるままに味から彩まで余さず思い出すと止まらなくなる。

キスが、抱きしめてくる腕が、耳朶をかすめる吐息が、戸宇堂の体温をあげた。

茹《うだ》るように体が火照《ほて》るほど意識が朦朧《もうろう》とし、一層記憶の中の香りが実際鼻先を漂っているような夢心地になる。

それが気持ちよくて、戸宇堂は巳口の手が体をまさぐり始めても気にならなかった。

それどころか、この男に相原の料理の味を教えてやれるのは自分しかいないような、奇妙な優越感さえ胸に湧いている。

「社長ずるい。親父の料理、いっぱい知ってる……」

情けない言葉に、戸宇堂はたまらず笑った。

「そりゃそうだ。もうどれも、俺の血肉になってるんだからな。逃げ出したような馬鹿とは違う」

「さっき教えてくれた、旨そうな鴨も？」

「ああ、そのソースも、つけあわせだったジャガイモのタルトも……そうだ、別の鴨の料理も思いだした。あれは……」

言いかけて、鴨の香りを求めるように戸宇堂は巳口の唇をついばむ。

それを待っていたかのように、巳口に下唇をかじられた。

薄い皮膚に、小さな刺激。それなのに、その刺激は下半身へと伝わり、メレンゲのようにぷくぷくと膨らんでいく。

「どうした……味見したいのか？」

「……」

メガネの向こうで、一瞬巳口が目をすがめた。

昔は遊んでたけど、今は落ち着いたよ。なんて言っていたくせに、睫《まつげ》に覆われた黒い瞳は欲望にぎらぎらと輝いている。

「味見したい。社長が知ってる味、全部……」

一コース一万五千円。なんて戯言が口から出そうになり、なんとかそれを飲みこむ。

何度も堪能し、そのたびに血肉にしては明日への栄養にしてきた味。

巳口が貪りたい味を、自分もまた思い出せるのだと思うとそれは途方もなく魅力的な話に思えて、戸宇堂は自らネクタイに手をかけていた。

自分はどんな味がするのだろうか。

そんな心の声が聞こえたようなタイミングで、巳口が身を起こした。押しのけられるようにして膝立ちになった戸宇堂の目の前で、乱暴な仕草でジャケットを脱ぎ捨てる巳口の裸体が露わになっていく。

すぐ眼前で、巳口のジーンズの股間《こかん》のあたりが膨らんでいることに気づき、戸宇堂はわずかに視線を逸らした。

男同士は初めてだ。こんなに食欲と性欲がないまぜになったような不思議な興奮に襲われていてもなお、どこかに「やめておこうか」という気持ちもある。

学費だ生活費だ、と働きづめていた学生時代に、小遣いをあげるから、といって男に誘われたことならある。最近も、企画で一緒になった可愛らしいメイク関係者から「興味本位でいいから」といって粉をかけられたことも。

どうせ女とも三か月続かないのだから、何も性別にこだわらなくてもいいかもしれない。と、見知らぬ味にチャレンジするのと同じように誘いに乗ってみたのだが、機会はあっても縁がなかったのか、なんだかんだで邪魔が入ったり予定が狂い、男とは未経験のままだ。

だから、こんなにもあからさまに、自分を求める男の欲望を目の当たりにするのは初めてで、目のやり場に困る。

ただ、臆病《おくびょう》風がかすかに吹こうとも相変わらず嫌悪感は生まれないままで、今にも腹が鳴りだしそうな食欲だけが旺盛だった。

らしくもなく、生娘のように視線を逸らしじっとしているのも癪《しゃく》で、戸宇堂は食欲に水をさす迷いをふっきるように、ネクタイをするすると抜き始める。ジャケットを脱ぎ捨て、ワイシャツのボタンに指をかけたところで、もう下着一枚になった巳口が、じっと自分を見つめていることに気がついた。

太い二の腕と、若々しい胸板。巳口の裸体の骨盤のあたりには、アンティーク調のナイフとフォークのタトゥーがあって、笑ってしまう。

「アメリカでいれたのか、その入れ墨。向こうじゃ、猫も杓子《しゃくし》もタトゥーがあるな」

「可愛いだろ。恋人の名前いれろって言われたけど、こっちのほうが俺にぴったりじゃん」

「どうだか」

スラックスを脱ぎ捨てながら笑い、戸宇堂はそのタトゥーに指を伸ばした。なめらかな肌の下に男のみっしりとした筋肉が詰まっている。触れる肌は発熱しているような気がするほど熱くて、この体に抱きしめられていたのかと、今さら意識してしまう。

そろりと、壊れ物のようにしてタトゥーを指でなぞったとたん、巳口に抱きすくめられた。

ベッドの上で座りこんだ巳口の足の上に乗るような格好になり、戸宇堂は思わず相手の肩にすがるように腕をまわしてしまう。

二人して下着一枚身にまとっただけ。密着した肌からはお互いの火照ったような体温が伝わり、どちらともなく心音が聞こえたような気がした。

触れあう肌の間でお互いの股間が近づくのが見え、戸宇堂は好奇心に煽られるようにして相手のショーツに手を伸ばした。くい、と指先で布端を引っ張ると、膨らんだ肉欲の先端が熱気とともに顔を出す。

「なんだ、可愛げのない坊やだな。君のほうがでかいじゃないか」

「ふふーん、恐れいったか」

「脳味噌が足りない代わりに、こっちに細胞がいったんだろうな」

「社長もたいがい、可愛げ……ないよな……」

少し残念そうにそういうと、巳口は胸元に吸いついてきた。あの、鴨肉の香りがする唇が戸宇堂の胸の突起をついばんでいる。

久しぶりの感触に、戸宇堂はびくりと震えた。

「俺に、可愛げがあってどうするんだっ。相原さんの料理の味見なら、可愛げなんて無縁の世界だぞ？」

「どうなんだろう、すごく繊細で……優しい味のイメージなんだけど。匂いだけ思いだすと」

「いや、もっと獣臭い。あんなに綺麗な料理なのに、生き物を貪っている実感が湧く、力強い味をしていた」

思いだすだけで、ずくりと腹の奥で欲望がうずく。

真剣に聞き入りながら、巳口はまるで、戸宇堂の中の記憶を追うように指や舌を肌に這《は》わせてきた。

腰にまわされた巳口の太い腕が動き、ゆっくりと尻《しり》をまさぐられる。布一枚の隔たりさえもどかしくて下着を脱ぎ捨てると、巳口の爪《つめ》を短く整えた堅い指先が会陰をなぞり、快感の細い線が、触れられる箇所を一つ一つつないでいくような錯覚に陥った。

指先が濡《ぬ》れている。

そんな違和感を覚えると同時に、ベッドの上に、衣服や携帯電話と一緒に異質なものが転がっていることに気づく。

小さなチューブが、蓋《ふた》がはずれたまま転がっている。ハンドクリームのようだ。

「なんだ、準備がいいな、坊やのくせに」

「準備じゃなくて、必需品だよ。仕事で手ぇがっさがさなんだから。だいたい、俺のコレ見て、坊や扱いとはいい度胸だな、社長」

甘えるように胸にかじりついていた巳口が、にやりと笑うと戸宇堂の太ももに陰茎をこすりつけてきた。

熱く、堅い感触に腰が浮く。

その隙《すき》を逃さず、巳口の両手が双丘《そうきゅう》を包みこみ、指先が後孔に触れた。濡れた指先につつかれた入り口は、さすがに緊張に堅く窄《すぼ》まっている。

しかし、そのふちをなぞる巳口の指先は優しい。くぼみをとろかすように撫でる間にも、戸宇堂の足に触れる巳口のものは堅さを増していく。

こんなに興奮しておきながら慎重な巳口が、戸宇堂はなんだか可愛くなってくる。酒だけでなくこの状況にも酔っているのかもしれない。

空いているほうの手を伸ばし、その若い屹立《きつりつ》を優しく包みこむと、巳口の吐息が頬を熱く撫でていった。

その反応にいたずら心が湧いて、戸宇堂は調子にのって巳口の興奮を慰めながら、その指先をやわやわと先端に運んだ。腫《は》れぼったい亀頭の真ん中でひくつく小さな孔に、中指を押しこむようにしてあてて、敏感な場所を強くなぞりいじめてやる。

「っ、くそっ、意地悪社長っ」

反撃のつもりか、今度は戸宇堂の下半身に、巳口の指先がもぐりこんできた。どろどろに濡れた指先が、丁寧にほぐされた後孔の入り口にもぐりこみ、太い指が戸宇堂の腹の奥を嬲《なぶ》りはじめる。

痛みと圧迫感、奇妙な感触から意識を遠ざけるように、戸宇堂も巳口の前をいたぶった。ときおり、快感のせいか腰をゆする巳口の手つきが乱暴になり、いやでも戸宇堂の中が押し広げられていく。

「くっ、う……」

「どうしたの、社長。いいとこにあたった?」

「何、にやけてるんだ」

巳口の奔放な指先が、ある一点をかすめたとたん、戸宇堂は激しくうずいた快感に息を止めた。まだ余裕はあるはずなのに、たまらない絶頂感が一瞬顔を見せたような感覚。

「っ、だめだ、あんまりこすりつけるな。君の指、堅いんだから……」

「悪い。じゃあ、こっちのほうがいいかもな」

何が、と問うより先に、戸宇堂の中から巳口の指先が抜け出ていく。

最後まで粘膜をくすぐるようにひっかかれ、尻が震えたところへ、そのあわいに熱い塊が押し当てられる。

さっき、さんざん虐《いじ》めてやった、赤黒い巳口自身を思い出し、たまらず戸宇堂の身が竦む。

ぎゅっと、巳口の頭を抱きしめるように摑んだところで、戸宇堂の中へ巳口の欲望の固まりが押し入ってきた。

裂ける。そんな痛みと圧迫感に腹の奥までひきつり、冷や汗が吹き出す。巳口の腰つきは乱暴ではなかったが、体勢のせいで戸宇堂の体はずるずると沈み、巳口のものをあっと言う間に飲みこんでいった。

こんなに苦しいのに、腹の内側の粘膜で感じる巳口の欲望に、戸宇堂の興奮は冷める気配を見せない。

「っ……」

荒い呼気ごと、巳口に唇を奪われる。

旨いものでも食べているときのように口の中は敏感で、上顎を分厚い舌で舐められただけで戸宇堂の腰が揺れた。

「社長、動くよ」

余裕のない声音《こわね》が部屋に響くと同時に、ベッドのスプリングがきしんだ音をたてた。

巳口のものが、一度抜けていく。開かれた自分の肉壺《にくつぼ》に、とろけたハンドクリームや体液が垂れる感触がくすぐったくて、戸宇堂はたまらず腰を揺すった。

そのたびに、巳口がうめくように吐息を漏らす。

荒い呼気が鎖骨のあたりを這いずりまわり、腹の奥深くでは逃れようのない刺激に快感が渦巻《うずま》いている。行き場のないぞわぞわとした感触に、戸宇堂は背中をしならせるほかない。

ぐらりと傾《かし》いだ戸宇堂の腰を、巳口の両手が包みこむように摑んだ。そして、今度はわずかに繫がったままの場所を狙って、強く引き寄せられる。

「ああっ！」

下から熱い屹立にこすりあげられる衝撃は想像以上で、腹の奥にわだかまっていた愉悦がぶわりと膨らんで戸宇堂の雄を刺激する。

揺さぶられるたびにその快感は膨らむ一方で、戸宇堂は歯を食いしばる余裕さえなく巳口の両腕にすがりついた。

「ば、かっ。そんな、いきなり激し……っ」

「すっげ、戸宇堂社長。俺のこと食い散らかして、これじゃどっちが味見してんのかわかんねえや」

「んっ、ん、ぁっ、こらっ、巳口く、んっ」

前立腺だろうか。巳口の肉茎にいたぶられるたびに、押し出されるようにして射精感がこみあげてくるのに、その上揺さぶられるままに二人の腹の間で戸宇堂のものがあたり、あっと言う間にイってしまいそうだ。

すでに先走りの体液に濡れ光る戸宇堂自身の先端は、しつこく巳口の腹にこすれ、みじめなほどに震えている。

それほどまでに追い立てられた戸宇堂の体が、巳口のものが抜けきってしまう、と焦るほどに抱きあげられ、そしてそのまま、今度は激しく引き寄せられた。

深いストローク。後孔が震え、痛いほどの刺激に直腸が蠕動《ぜんどう》する。太ももが跳ねるように震え、戸宇堂の肉茎は耐えきれずに精を吐き出した。

「は、あ、ぁっ」

「う、ぁっ。社長、ちょっとタンマ……っ、あっ」

耳朶に、快感に揺れる巳口の声が響くが、もはやその音さえも、絶頂のさなかの戸宇堂を煽る材料にしかならない。

「戸宇堂社長、やばい……。あんたの尻、俺のをぐちゃぐちゃにしてる」

「な、に……？　あっ」

「ぴくぴく震えて、俺のあそこ、食われちゃいそう」

「やめろ、馬鹿……」

戦慄《わなな》く戸宇堂の後孔で、巳口のものはまだ熱く滾《たぎ》ったままだ。絶頂の余韻に収縮する戸宇堂の中は、その屹立をしゃぶるように包みこんでいる。

その自覚とともに、治まりかけていた肉欲が戸宇堂の理性を揺さぶった。

「あ、待てっ……巳口くん、まだっ、あっ」

「二皿目、いってみよっか」

「ひ、ぁっ」

巳口のものが、ひときわ熱く脈打った。

そのかすかな刺激に電流のような快感を覚え身を竦ませた戸宇堂の体を、巳口は繋がったままの姿で、ゆっくりとベッドに押し倒してきたのだった。


朝のホテルのロビーは慌ただしい。

長時間ソファーを陣取って商談をするもの、待ち合わせの連絡にかけずりまわるもの、どこかの安いツアー客のバス待ち集団。

その喧騒《けんそう》を眺めながら、戸宇堂は大きなあくびを一つした。

下半身が泥のように重たい。肉欲と食欲が混ざりあった結果の巳口との一夜は、そのときだけは気持ちよかったものの、目覚めてしまえば体に残っているのは余計なキスマークと、未《いま》だに残る下腹部の違和感だけだ。

しかし、だからといって不愉快だったり、後悔していたり、といった感情はない。

気楽なせいだろうか。と戸宇堂は、シングルルームに戸宇堂まで一泊してしまった追徴金を含めて受付で精算中の、巳口の背中を見るともなしに見ながら考える。

相原の、あの高級フランス料理がもう一度食べたい。

その一念でここまで這いあがってきた戸宇堂は、これまでそんな戸宇堂のキャリアに興味のある女とばかりつきあってきた。それなりの高級店にふさわしい男になりたかった戸宇堂にしてみれば、女性のエスコートも勉強のうちで、関係の深い浅いにかかわらず何くれとなく気をつかってきたつもりだ。

ホテルで一夜を過ごした翌朝の対応などその最たるもの。

ところが今回ばかりは、戸宇堂は朝目を覚ました巳口に「君が酔っぱらっていたせいで災難だ」とすべて押しつけて、こうしてのんびりくつろいでいる。

のんきな待ち時間中、脳裏にうずまく記憶に、嫌悪感はとくにない。

むしろ、食べたことのない、新しい料理に挑戦したような心地だ。刺激的な味わいだったような気がするが、自分ばかりいいように貪られていたような気もする。

あの味が癖になったらどうしよう……一瞬そんな不安が浮かび、戸宇堂は慌てて頭を振った。夕べのことはただの気まぐれだ。相原の料理を長らく食べていなかったから、欲求不満で少しやけ食いしてしまっただけだと思おう。そんな身もふたもないことを考えていると、巳口がいつもの愛嬌のある表情でこちらに戻ってきた。

「お帰り。受付で余計なこと言わなかっただろうな」

「なんだよ、俺がそんなにデリカシーのない男に見えるか、社長？」

「見えるから言ってるんだ」

夕べの熱欲など忘れた態度で、いつもの調子を取り戻して吐き捨てると、戸宇堂はソファーの肘《ひじ》かけに手をついて立ちあがった。そんな戸宇堂の視界に、支えるようにして巳口の手が差し伸べられる。

眼前に現れた太い指先に、一瞬夕べの肌に触れる感触を思いだしかけるが、戸宇堂はその手を振り払うことでなんとかその記憶を押し込めた。

「おい、年寄り扱いするなよ」

「まさか。夕べのドエロっぷりみて、社長を年寄り扱いできるかよ。むしろお姫様扱いしたつもりだぜ？」

「何がお姫様扱いだ。朝、目を覚まして隣に俺がいることに気づいたとたん、悲愴《ひそう》な顔して『夢じゃなかったんだ。こんなおっさんと勢い余って寝るとか、俺ダサすぎ』とか言ってたくせによく言うな」

不満も露わに、戸宇堂は巳口の額を指で弾《はじ》いてやる。そして、そのままホテルを出ようと、出入り口に足を踏みだす。慌てて追いかけてきた巳口と共にホテルの外に出ると、冬の鋭い寒さと、心地よい太陽の温《ぬく》もりが二人の体を包んだ。

「ちょっと待てよ社長、悪かったって！　酔っぱらって管まいて、年上に甘えてそのままいちゃいちゃとか、なんかガキの頃のままみたいでダサいじゃん。だからつい言っちゃっただけで、あんたはすごくよかった、いやマジで！」

「いったい何人のフィーリングとやらがあう相手に『すごくよかった』と言ってきたんだろうな君は」

「ぐっ、あれは若気の至りで今は別に……、そ、そういう社長はどうなんだよ。こんないたいけなガキを翻弄《ほんろう》して、今まで何人の男を泣かせてきたんだか」

「さあ。美容業界じゃその手の男も多いから、誘いはあったけれども縁がなかった。最後までやったのは君だけだな。悲惨な初体験だ」

「う、うっそだあ。だって、あんなあっさり俺と……」

「実は、君の強靭な腕力が怖くて仕方なく……」

「いや、ちょっ……あの……」

ざっと血の気が引いた巳口の顔に気づき、可哀想になってくる。すぐに「冗談だ」と言って笑うと、戸宇堂はホテル前のスロープに停《と》まっていたタクシーの扉をノックした。開いた扉にむかって、顎をしゃくってみせると、まだ不安に眉を八の字にしていた巳口がわずかに目を瞠る。

「乗れよ。酔っ払いのガキを下半身まで介抱してやった俺に向かって、おっさん呼ばわりした詫《わ》びに送ってくれ」

「お、おう……」

さっきまでの勢いはどこへやら。あらためて指摘すると、少し顔を赤らめて巳口はうなずいた。

憎めないそんな態度に、戸宇堂は苦笑まじりにフォローを足した。

「よかったよ巳口くん。たまにはああいう、馬鹿でダサい夜も悪くない」

「えっ……」

「せっかくだから、会社に行く前に一緒に相原さんに会いにいこうか」

体半分、タクシーに乗り込んだ戸宇堂を、巳口がぽかんと見下ろしている。

その表情が、満面の笑みに変わるのはすぐのことだった。

「そう、手形割ってもらうのが週明けになるから、支払いはそのあとになる。原野《はらの》さんにも言ってあるよ。鶴見精油さんの請求はまだ来てない」

病院の個室の窓からは、高速道路と、その下の古い雑居ビルの群れが見え、エンジンの音や人の声が遠く聞こえてくる。

街はすでに動き出しており、戸宇堂もそれにあわせて、いくつか会社や取引先に電話をかけているうちにすっかり夕べの余韻から意識が抜け出していた。

四本目、最後の電話は喜野へ「働け」と伝えてから携帯電話をしまい、戸宇堂は室内を振り返った。

「すみません相原さん、うるさくて」

ああ、とだけ声をあげた相原の顔は、半分ほど泡に包まれていた。その泡に包まれた頬に、巳口が真剣な顔をしてカミソリをあてている。

「社長、このひげ剃《そ》りクリーム、なんかいい匂《にお》いすんだけど。こういう匂いつきのクリームって、男向けで売れるもんなのか？」

「さあ。それ、発売前の試作品だからな」

「そんな怪しいもん人の親父に使うなよ」

「成分はすでに女性用で売り出してるクリームと同じだし、肌テストもしてるから大丈夫だ」

見舞いにくるなり、相原に「ひげ剃ってやろうか」と言い出したのは巳口のほうだった。今までも、何度か看護師に許可をとって剃っていたらしい。

どうりで、入院セットと一緒においてあった、戸宇堂が持参したひげ剃りクリームの減りが早かったわけだ。

個室の棚には、それだけではなく、体用のクリームや爪切り、清拭剤などがわんさと置かれており、そういったマメな品ぞろえも、夕べ巳口に「金を払わないと」と思わせた要因かもしれない。

あの五十万の封筒は、タクシーの中で押しつけあった結果、今は巳口のポケットの中だ。

そのかわり今度、相原の入院に関して何にいくらかかったか、一覧を渡すことになった。

結局こうして、次に会う用事ができている。

嫌な気分ではなかった。

部屋の隅から余っていた丸椅子を引っ張ってくると、戸宇堂は巳口とは反対側の相原の枕元に座る。そしてそっと相原の手を握り、その瞳を覗きこんだ。

巳口がひげ剃りを始めたときはなんだか不安だったが、巳口は軽薄にさえ見える普段の態度や言葉選びに反して、何においても手つきは慎重な男で、今も相原は気持ちよさそうに瞳を和《なご》ませている。

そういえば、夕べの行為も、激しいと思いこそすれ、雑だと思ったことはない。

仕事柄だろう、節くれだった指は切り傷や火傷の古い痕《あと》が目立ち、固い皮膚に覆われているのに、ゆるやかに肌をなぞる指先は優しかった。繋がりあったまま、何度も好き勝手揺さぶられたのに、屈強な腕がしっかり支えてくれていたので不安も感じなかった。

いつもは子供のように馬鹿なことを言って人を呆れさせるくせに……。

こうして、相原のひげを剃る巳口の手元を見つめていると、肌がざわついてきた。巳口のあの指先が、自分の肌をなぞった感触を思い出してしまいそうだ。

熱い吐息が頬を撫で、指先は戸宇堂の弱い場所を何度もまさぐり、そして欲望の塊が戸宇堂の中まで入ってきた。

ほんの数時間前まで、自分の中にこの男がいたのだ。思い出すうちに、戸宇堂の視線は自然と巳口の体を這いまわっていた。指先から腕へ、膨らんだ肩回り、シャツの隙間から見える鎖骨。

顎のラインを辿《たど》り、巳口の唇に視線が吸い寄せられたところで、戸宇堂の鼻腔の奥がぐずついた。

鴨肉の香りが恋しい。

たまらず喉が鳴りそうになったとき、戸宇堂が見つめる唇が蠢《うごめ》いた。

「なあ親父、アンブル共同経営してたのはわかったけどさ、戸宇堂社長みたいな意地悪で融通きかないやつじゃなくて、ほかにいい奴いなかったのか？」

たまらず、戸宇堂は二、三度咳《せ》きこむ。

夕べの官能の記憶が一気に吹き飛んだ。人の気も知らないで、大真面目な顔をして馬鹿なことをのたまう巳口は、なおも「っていうか、親父よく戸宇堂社長のこと信用できたよな。清水の舞台から飛びあがるってやつ？」などと言って戸宇堂の熱欲を冷ましてくれる。

どうしてこんな馬鹿との一度だけの情事を思い返していたのだろうかと、後悔がせりあがるほどだ。

巳口がいると、相原の表情はいつもより雄弁に動く気がした。今も、ぎろりと鋭い視線で息子を睨みつけている。

ひげ剃りに夢中の巳口は、気づいていないようだ。

「何もすぐにレストラン閉めることないじゃん。俺に任せてみてからでも遅くなくね？　って思うんだけど、馬鹿には無理、の一点張りなんだもんよ。融通きかねえだろ？」

「相原さん、息子さんが何か言ってますよ」

「ほら、意地悪だろ」

ざりざりと、ひげ剃りの音が二人のやりとりに割って入る。

ぶすくれて文句を言うわりに、巳口の視線はカミソリを扱う手元から離れない。

「俺、かなりイケてると思うんだけどなあ。さすがに親父と同じレベルの料理出せるとか言う気はないけどさ、店を維持できるだけの仕事は提供できるぜ。若き才能が、病気の父の意思を継いで新装開店、なんてさ」

「……料理さえ旨きゃ店が繁盛するというなら、今ごろ経営に困ってるコックなんて日本中からいなくなるだろう。君は基本的に甘い。何もかもが甘い。フランス料理界に飛びこむよりも、パティシエに転職しろ」

「それこそ無理だっての！　ったく、俺の腕前、グリルしか知らないくせによく言うぜ。俺だって基本は勉強したんだから、親父のレシピとかで修行しなおしたらあっと言う間に、あんたのほうから『君のお店経営させてください～』って言いたくなるくらいの腕になるんだからな」

あんまりな言い分に、戸宇堂は喜野の忠告も忘れて相原に微笑みかけた。

「相原さん、馬鹿息子が馬鹿言ってますよ」

「いちいち親父にふるなよ！　……って親父、社長の暴言に、何頑張ってうなずこうとしてるんだよ！　カミソリあてててるから危ないぞ！」

「あっ、本当に動いた。相原さん、今ちょっと動きましたよ」

「おお！　親父すげえ！」

にわかに病室が騒がしくなる。

枕に飛んだひげ剃りクリームを拭いたり、またレストランを継ぐ継がないと言い争ったりしているうちに、ついには看護師に叱《しか》られてしまったほどだ。

珍しく相原の病室が賑《にぎ》やかなのでしばらく放っておいてくれたらしいのだが、叱っているわりに、看護師は嬉しそうだった。

「いいご家族がいるから、相原さんはきっともっと動けるようになるって、ナースステーションでもよく噂になってるんですよ」

最後にはそういって励ましてくれた看護師の背中を見送ったあと、巳口に肘でつつかれてしまった。

「ナースステーションで馬鹿話ばっかりしてる看護師さんの励ましだぜ、戸宇堂社長」

「うるさい。ちょっと、悪かったかなと思ってるところだ」

巳口なんかと一緒に騒いで、看護師に叱られるなんて恥ずかしいにもほどがある。

しかし、振り返るとやはり相原は穏やかな表情で、戸宇堂は彼が倒れて以来、久しぶりに自分の心も穏やかであることに気づいた。

「親父、顔拭いてやるから、ちょっと待っててくれよ」

「んー」

巳口はどこまでも明るい。

けれども、この笑顔の裏で、内心どんな気持ちでいるのだろうか。

再び、戸宇堂の肌がざわつきはじめた。巳口の笑顔が目の前にあるのに、思い出すのは夕べ、戸宇堂にすがりついて欲望に鈍く輝いていた瞳だ。

――こんなことになるなら、親父の料理、食っときゃよかった……。

その一言が、ちりちりと記憶の中から顔を見せる。

そしてその都度、戸宇堂は性懲りもなく夕べの巳口の体温を思い出すのだ。

この、明るい笑顔の下に隠した、行き場のない寂しさや不安。父の料理への渇望。夕べの激情が丸ごと、今も巳口の中で渦巻いているに違いない。

それなのに、どの感情もおくびにも出さず、つとめて明るく振る舞っているのだ。

それを知ってしまった今、巳口が相原に笑いかけている姿がやけに眩《まぶ》しく見える。

すっかりほだされたものだ。それとも、自分の中にもある、相原への不安や寂しさが、巳口の中の激情と共振したのだろうか。

慣れない感情だが、少なくともこうして三人でいる時間は、戸宇堂には温かく感じられた。

「社長、俺ちょっと、給湯室で蒸しタオル作ってくるわ。その間、親父のこと頼むな」

「いってらっしゃい。迷子になるなよ」

「なってたまるか！」

病室から駆けだしていった巳口の足音は、しかし途中で聞こえてきた「病院で走らないでください！」という看護師の叱声で静かになる。

たまらず苦笑を漏らして、戸宇堂は相原の枕元に腰を降ろした。

「息子さんがいないと、病室が静かですね」

「ん」

「ひげ、綺麗に剃れてますよ」

笑いかけながらも、視界の端に映る鍵つきの引き出しのほうが気にかかり、戸宇堂は押し黙った。

わずか一晩で、自分は本当に巳口にほだされたと思う。その証拠に、戸宇堂は今相原のレシピのことが気になっている。

鍵つきの引き出しで眠ったままの古びたノート。

ただの俺の覚え書きだよ、といって相原は以前笑っていたが、こうして入院先の枕元に保管しておきたいのなら、やはり大事な相原の軌跡なのだろう。

それを預けるにふさわしい相手が、引き出し以外にいるかもしれない……。

「相原さん、レシピ、どうします？」

相原の瞳がこちらを見た。もごもごと、口を蠢かしているが言葉はでてこない。

誘導するような問いを重ねる気にはならず、戸宇堂は黙って待った。

「優里が、したいってんなら……」

かすれた声が、とぎれとぎれに室内を漂う。

注意深く耳を傾けながら、戸宇堂はジャケットの胸元を押さえた。内ポケットに、引き出しの鍵が入っている。

相原の答えを聞いてもなお、いつまでもレシピノートを取り出さない戸宇堂を見上げて、相原はかすれた声で笑った。

「親馬鹿だろう、俺」

「ええ。少しだけ」

そういって苦笑してから、戸宇堂は慌ててつけたした。

「レストラン継がせるかは、また別の話ですからね」

また、相原の笑い声が部屋を漂った。

結局、相原《あいはら》の元で一時間近く過ごしてしまった。

病院一階の外来受付は盛況で、その人ごみを尻目《しりめ》に足早に外へと向かうと、日中になっても一向に気温のあがらない外気がビル風とともに二人に吹きつけた。背後で巳口《みぐち》が「向こうは雪かな」とつぶやいたのを、戸宇堂《とうどう》は聞きとがめる。

「向こうって、アメリカか？」

「うん。ニューヨークは馬鹿《ばか》みたいに寒い。もうすぐビザが切れるから、一度帰ってこようと思ってたけど、早めに帰ってきて丁度よかったかも」

「そうなのか。よく考えたら、君みたいな馬鹿でも、向こうで英語で過ごしてるんだから大したもんだな」

「なんだろう、すごく褒められたような、すごく貶《けな》されたような不思議な気分」

どっちだろう。と言って真剣に悩み始めた巳口に、いつものように追い打ちで嫌味を言う気にはなれなかった。

それどころか、向こうでどんな暮らしをして、どんな仕事をしていたのか、そんな疑問が次々と胸に湧《わ》いてでる。

「巳口くん、君……」

「ん？」

「いや……。今日は、このまま職場に行くのか?」

一度寝たくらいで、心が急に巳口に対して親しみを帯びていることに気づき、戸宇堂は恥ずかしくなって話を逸《そ》らした。

当然そんな内心に巳口が気づくはずもなく「うん、このままコーラルに行く」と返ってくる。

「ならここでお別れだな。俺はちょっと、近くの銀行に用事があるから、このまま歩くよ」

「社長業ってよくわかんねえけど、大変なんだな」

「ただの金策屋だ。そのかわり、そこそこ自由がきくからこうして相原さんの顔もマメに見に来れる」

「じゃあさ、また一緒に親父《おやじ》の見舞いに行かねえ? 親父、俺が社長に馬鹿言うとけっこう反応よかったし」

「病人の心労溜《た》めてどうするんだ」

馬鹿発言の自覚があったのか、と呆《あき》れたものの、悪い気はしない。

かつては軽い嫉妬《しっと》を覚えていたことが懐かしいほどに、今日の見舞いの時間は有意義だった。実際、人が多いほうが相原にも刺激になるだろう。

なら、なおのこと、三人共通の話題があるにこしたことはない……。

そう腹をくくり、ようやく戸宇堂は手にしていたレシピノートを巳口に差し出した。

「お互い時間があえばな。そのときまでに、一品くらいはチャレンジしておけよ」

「え？　何これ……」

油染みがいくつもあるノートは、見るからに粗末で汚い。

けれども、感じるものがあったのか、巳口はためらいもなく受け取ると最初のページをめくった。その手が、少し震える。

「さっき、相原さんから渡してくれと預かった。君の好きにしていいらしい」

「え、何それ……大事なレシピ、好きにしていいって……親父、なんのつもりで……」

一瞬で、巳口の表情が崩《くず》れた。

てっきり、父の秘蔵レシピを手にいれて、調子に乗って喜ぶに違いないと思っていたのに、予想に反して泣き出しそうな顔だ。

ぎょっとして、戸宇堂はフォローの言葉を探す。

「いや、あげるとは言ってないぞ？　その……相原さんが元気になったら返すつもりで、その間は好きに読みこんでいいってことだろう」

「そっか、そうだよな。形見分けみたいとか思ったら、なんかすげえ嫌な気分になっちゃってさ。やっべ、俺、夕べからマジでダサいわ」

不自然な咳《せき》払いを何度かすると、巳口はぎゅっと目を瞑《つぶ》った。こみあげていたものを無理やり押し込めるような仕草に、戸宇堂はわけもなくほっとする。

泣き出さなくてよかった。

父親が重病だということは、子供にとってそれほど重たく大きなことなのだと思い知らされる。

「……君を見てると、なんだか自分に足りないものの勉強をしている気になるな」

「は？　勉強って、何が？　社長も料理する？」

「しない。こっちの話だ。……相原さんのレシピを練習するときにアンブルの厨房《ちゅうぼう》使うなら、過剰な光熱費は請求させてもらうぞ」

「え、厨房使っていいのか？」

「……管理してくれると助かる」

「了解！」

かすかに笑って、戸宇堂は巳口の背中をタクシー乗り場に向かって押した。

そして、戸宇堂自身は反対方向へと歩きだす。

「おーい社長、約束だからな。また、あんたを誘うときは、ちゃんとアポとるから、楽しみにしとけよ！」

いつまでも背中を賑《にぎ》やかな声が追ってくるが、手を振るだけ振って、戸宇堂は返事もせずに公道に出る。ふと、携帯電話の番号を交換したのだから、もうアポイントなど関係ないのでは……と疑問が湧いたが、その疑問が解消するのは、わずか一週間後のことだった。

「喜野《きの》、今日は研究室に入り浸る予定だったんじゃなかったのか？　なんで用もないのに社長室に来るんだ」

「さっき総務から『また巨大タッパ君が来た』って連絡入ったから」

「誰だこのアミノ酸研究馬鹿に、いちいち巳口の来社を報告してやってるのは」

共に夜を過ごし、相原の見舞いに行った一週間後。日常業務に勤《いそ》しんでいた戸宇堂のもとに、会社の受付を通して巳口の来訪を告げられた。不思議に思いながらも、まともな手続きを踏んだ巳口を追い返す理由もなく社長室に通したのが運のつき。

以来、巳口は週に二回はこの社長室へやってくるようになってしまった。

その逞《たくま》しい腕に、大きなタッパを抱いて。

あの日、巳口が携帯電話ではなく、アポイントメントをとってでも戸宇堂に連絡をとろうとしたのは、なんのことはない、さっそくチャレンジした相原のレシピの再現料理を見せびらかすためだった。

いちいち戸宇堂を相原宅に呼び出すわけにもいかないし、かといって父の見舞い先に料理を持っていくわけにもいかない。ゆっくり味見をしてもらうためにはどうすればいいか考えた末、そういえば初めて戸宇堂に会ったあの社長室は広くて最適だった、と思い出したらしい。

相原のレシピを手に泣きそうになっていたくせに、器用な思考回路だ。

「いいじゃねえか、社長専用デリバリー、社内でうらやましがられてるぞ」

「確かにあいつには気を許しはしたが、一足飛びで連日本丸に攻め入られるのはおかしい。なんでこんなことになったんだ……」

頭を抱えるのと、社長室がノックされるのは同時だった。戸宇堂が黙っていると、代わりに喜野が「どうぞ」と声をかける。その手には、すでに割り箸《ばし》が握られていた。

喜野の気持ちはわかる。

悔しいことに、巳口は本当に才能があるのか、よほど熱心に勉強した下地があるのか、相原のレシピを高いレベルで再現できるのだ。

といってもレストランを継がせないという決意が揺らぐほどのものでもない。ないのだが……戸宇堂は困っていた。困惑しているといってもいい。

ついに、今日も攻め入ってきた巳口が、社長室に姿を現す。

「ちわっす」

受付には丁寧に話しかけているらしいのだが、社長室に来るとこのありさまだ。それさえも、以前ならば嫌味や文句の材料にしていたのに、今の戸宇堂にはうまい言葉が思いつかない。

勝手知ったる社長室、とばかりに、応接セットのテーブルにタッパを広げはじめた巳口に、戸宇堂はメガネを押しあげながらなんとか口を開く。

「巳口くん、一昨日も言っただろう、頻繁すぎる。勉強熱心なのは感心だが、今は職場の下ごしらえの時間のはずだろ。まさか、仕事の手を抜いてるんじゃないだろうな」

「一昨日も言っただろ、大丈夫だって。店の仕込みは一番面倒な肉の解体とにんにくの皮むきする代わりに、時間かかるやつは担当から外してもらったし、忙しい土日は一日中店に出てるよ」

「……じ、じゃあ、もう少し休んだほうがいい」

「毎日店の賄《まかな》いの牛肉食ってるから、元気モリモリだぜ」

「そうだ、たまには、他の奴に食べてもらえ。新鮮な意見も大事じゃないか？」

「……親父の味を一番よくわかってるの、社長じゃん。今さら何言ってんだよ」

巳口なんかに言い負かされるとは世も末だ。

他に反論はなかろうかと戸宇堂はメガネごと額《ひたい》を押さえて考えるが、特別思いつかない。

そうしている間にも、社長室に豊かな香りが広がる。

この甘い薫香、今日の料理には鴨肉《かもにく》が使われているようだ。うっかり、戸宇堂の喉《のど》が鳴る。

しぶしぶ立ちあがって応接セットに向かうと、テーブルには大きなタッパがあり、その中にごろんと茶色い塊が見えた。

予想通り、ローストされた鴨肉の姿がそこにあったが、切り分けもせず適当に詰めこまれた姿は少し哀愁が漂っている。

「鴨肉のローストは、相原さんのレシピを再現しなくても、職場で何度も作ってきたんじゃなかったのか？」

「そうなんだけど、知り合いがマガモ送ってくれたんだよ。せっかくだから、親父のレシピだとどんな味か知りたくてさ。この感じじゃ、前連れていってくれたワインバーの鴨は、やっぱり親父のレシピじゃなさそうだ」

狩猟によって捕獲された野生の生き物の料理を特にジビエといって、フランス料理の創意工夫、情熱、歴史といったものが凝縮されている。中でも鴨だけは、鹿《しか》やキジといった動物と違い、家禽《かきん》化されたため手に入りやすく、日本でも気軽に食べられる肉だ。

真空パックされた鴨肉のローストが、スーパーで安く簡単に手に入ることもある。

しかし、巳口の言った「マガモ」は正真正銘の野生の鴨のこと。

赤い身は引き締まり、安物の鴨と違って脂臭さより、肉の野性味が強い。変わった肉を食べ慣れない人でも挑戦しやすい柔らかな味わいと、個性のある甘い香りが舌に触れれば最後、鼻腔から肺胞にいたるまで、しばらくはこの味を忘れられないだろう。

巳口の腕がナイフを操り、鴨肉を薄く削《そ》いでいく。

美しいロゼ色の肉にへばりつく、薄い脂身の白く濁った様を見て、喜野がつぶやいた。

「そろそろ、社長室にオーブンレンジとガスコンロ置こうか」

「誰が置くか。アンブルを継がせない代わりに、そのうち社長室で巳口くんに新店舗開業されたらどうするんだ」

「……」

喜野は何も言わなかったが「いいねそれ」と言いかけた言葉を飲み込んだのは想像がつく。

「よし、できた。今日は、鴨肉のローストのサラダと、ゴボウのテリーヌ！　このテリーヌのブイヨンの材料が……」

タッパに入ったご馳走《ちそう》を、紙皿に取り分ける。

巳口の料理話に耳を傾けながら、戸宇堂は鴨肉を口に放り込んだ。

噛《か》むより先に、香りが口いっぱいに広がる。鴨特有の甘味は、どこか官能的だ。

冷えているが肉は柔らかく、繊維質であるはずの鴨肉の切り口はしっとりしていた。香りも肉肌も、舌に吸いついてくる。

美味しい。

もくもくと二切れ、三切れと食べ続ける戸宇堂より、巳口と喜野のほうが話が弾んでいた。

胡椒の薬効がどうの、油の酸化がどうのと喜野は喜野にしかわからないのだろう好奇心であれこれ質問しているが、巳口はよく答えている。

その横顔を見ながら、戸宇堂は相変わらず困惑していた。

悪くないのだ。

巳口がこうして社長室に足繁く通うのも、それを周りの人間が微笑ましく見守っていることも、「ちわっす」などという挨拶も。

そもそも戸宇堂は、人当たりはいいが、特定の誰かと親密になったことはあまりない。せいぜい食事に誘ってでも一緒の時間を過ごすのは喜野くらいのもので、ましてや、巳口のように明るく奔放な若者は仕事相手でもなければ関わりたくないタイプに近い。

こうして、一足飛びにふところの中に飛びこんでこられるのも、警戒心の強い戸宇堂にはわずらわしい距離感だ。

それなのにどうして追い返せないのだろうか。

「……料理が旨いからか？」

自問自答してみたが、答えは出てこない。

喜野に請われるままに、さらに鴨肉を切りはじめた巳口の横顔を、戸宇堂はじっと見つめた。

ただの軽薄そうな若者の横顔だ。格好いいが、若い女じゃあるまいし、男の容姿に心が揺さぶられるはずもない。だいたい、容姿に惑わされるくらいなら、今までにも戸宇堂の冷たい人間関係に火が灯る瞬間があったはずだ。

となると、巳口にしかないものは何か。

そこまで考えたところで、思考回路にまで鴨肉の香りが満ちてきた。酒も飲んでいないのに酔ってしまいそうなほど濃厚な旨みだ。ワインが欲しくなる。

そういえば、巳口と寝た夜も、最後に食べたのは鴨肉と、それからスパイシーな赤ワインだった。

あの日は、味気ない鴨肉の香りがワインに負けていたが、今日のこの鴨肉でワインを楽しんだあとなら、巳口とのキスはどんな味がするだろうか。

そう思い巳口の横顔を見つめていると、ふいに彼の視線が戸宇堂の手元に落ちた。戸宇堂の紙皿が、あっと言う間に空になったことに自信をつけたのか、その口元がにやりと笑みに歪《ゆが》む。

分厚い唇。相原の料理を養分にして生きてきた戸宇堂を、味見した口元……。

おかしい、部屋の暖房が切れているのか、急に背筋がぞくぞくしてきて、戸宇堂は空調設備を見上げた。

「社長、どうかした？」

「いや、寒いな、と思って。冷菜ばかりだとやっぱり辛《つら》いな」

「悪い。やっぱ、温かい料理はウチまで食べに来てもらわないと。とくにロースト系は。煮込んだものなら、そのうち保温ポットとかで持ってこれるけど、これも地味に火が通るからなあ」

思案気にそんなことを呟《つぶや》いてから、巳口はじっと戸宇堂の顔を覗《のぞ》きこんできた。

「ところで社長、本当に寒いの？」

「ん？」

「なぁんか、ふしだらな顔してんだけど、俺の料理が旨すぎてエロい気分になってるだけなんじゃね？　ほら、旨い料理はエッチな気分になるっていうだろ」

人の会社でこんなくだらない下ネタを口にするとは、貴様は小学生かといって箸でつついてやりたい戸宇堂に援護射撃をしてくれたのは、意外にも喜野だった。

「巳口くん、料理が官能を刺激するとか、興奮剤だとか、どこかのコピーライターのでっちあげだと俺は思う」

「へ、なんでです？」

「料理食べて興奮するなら面白い増強剤作れるかもと思って、戸宇堂に頼んでいろんなもの食べたけど、どんな美味《おい》しいもの食べても一度たりとも勃起《ぼっき》したことないからな」

「……」

何言ってるの、この人。と、救いを求めるような眼差《まなざ》しを巳口が向けてきたが、戸宇堂は無視して、ブイヨンゼリーで冷やし固めた根菜を箸でつついた。

官能的、という点では認めざるを得ない鴨の香りが未《いま》だ口腔《こうこう》に濃厚にへばりついているが、これがゴボウの香りと絶妙に絡みあうことを初めて知る。

たまらず吐息をこぼすと、巳口がすかさず主張した。

「どうよ、俺の提案する完璧《かんぺき》なマリアージュ」

「やめろ、喋《しゃべ》るな。自分から主張されると、一瞬で味わいが落ちるだろ」

「相変わらずつれないなあ。じゃあ駄目元で、恒例のあの話するけど……アンブル、俺に任せてみない？」

「恒例の返事をしてやろう。君には無理だ」

さすがの戸宇堂も、アンブルの話になれば浮ついた困惑など覚えなかった。

最近は喜野にさえ「やらせてみたら？」と無責任に言われることもしばしばだが、こうして巳口の人となりを知り、料理の腕を知るほど戸宇堂の中の決意は強固になるばかりだ。

「今日の料理も旨かった。鴨は少し物足りないが、テリーヌに使ってるブイヨンは、本当に相原さんの料理を思い出すよ」

飾り気のない本音に、巳口は喜んでいいのかわからないような苦笑を浮かべた。

褒めるふりをして突き放されていることを感じたのだろう。

事実、最近は褒めてやることも増えたが、純粋に旨いだけで、やはりレシピをなぞったところで相原がこだわっていただろう熟成の度合いや香り、味の深みといったものはなかなか再現できない。仕方ないことだ、巳口は食べたこともないのだから。

それに、いくら美味しくとも、状況的に温かいものは用意できないからといって、ジャガイモのパンケーキやサーモンマリネ、サバの酢漬けに牛肉のタルタル、といった冷たいものばかり食べさせられていては、巳口の腕前に対する判断材料が少なすぎる。

しばらくの沈黙ののち、巳口はタッパを片づけはじめた。

「ま、いいや。褒める回数増えてきたし、社長ともあろう人が、もくもくと俺の料理食べるようになったし。一歩ずつ前進って感じかな」

「ポジティブだな。巳口くん、俺が君を拒絶するのは、料理の腕だけじゃないんだぞ?」

味がよくても、他に巳口には落第点があるのだと、いつもなら焼かないお節介を焼くと、苦笑を浮かべたまま、巳口は肩を竦《すく》めた。

「うん、なんとなくわかってる。こんなに何回も社長の部屋に来ると、気づいちゃうこともあるしさ」

意味深なことを言ってタッパを重ね、巳口は立ちあがった。

今日はコーヒーも飲まず、戸宇堂の意見に食い下がりもせずに、すぐに帰るようだ。

用事でもあるのだろうか、と首をかしげた戸宇堂に、巳口は少し残念そうな顔をしてみせた。

「せっかく料理褒めてくれるようになったところ悪いんだけど、俺、しばらく来る頻度が減るかも」

「……」

そんなに頻繁に来るな。と主張する分には問題がないのに、なぜか相手から「頻度を下げる」と言われると物足りない。

自分のわがままさに呆れながらも、つい剣呑《けんのん》な目つきになった戸宇堂に、巳口が慌ててつけ加える。

「いや、アメリカでできた友達が、週末から日本に帰ってくるんだよ。親父倒れていきなり帰国した俺のこと気にかけてくれててさ。しばらく一緒にいるから、フランス料理修行はちょっとトーンダウン」

「帰ってくるって、その人も日本人なのか？」

「そう。大丈夫だって、親父のこと取りこんでる意地悪な社長に苛《いじ》められてる、なんて話、漏らさないでおくからさ」

「ほう、別に漏らしてもかまわないんだぞ。そのときは、君が嘘《うそ》つきにならないよう、たっぷり苛めて事実にしてやろう」

「げっ……なんでどの料理食ったときより、いい笑顔するんだよ」

何日でも、あることないこと、戸宇堂の愚痴でも話していればいい。

その間巳口がここにこないのなら、自分も少しは頭を冷やせるだろう。万々歳だ。

そう自分に言い聞かせた戸宇堂だったが、口の中の鴨の香りはいつまでたっても消えず、その余韻は巳口のさまざまな表情を思い起こさせるのだった。

宣言通り、翌週は巳口が会社に来ないまま週末を迎えた。

すっかり巳口の賑やかさに慣れてしまったのか、社長室がやけに静かに思えた一週間だった。

冬空の月はくっきりとした輪郭で輝き、じきに日付がかわろうとする夜の街を冷たく照らしている。

ベルドゥジュールの入っているビルは、解放時間外は鍵《かぎ》がないと入ることができないが、戸宇堂はビルの管理キーを持っているので、こんな時間でも自由がきく。

ビルを出ると、今度は会社名義で数台分借りている駐車場まで一ブロック。静まり返った夜道を少し歩いて、あとは暖かい車の中で自宅まで十五分。

そんな、いつも通りの道のりでいたつもりだったから、背後から突然「戸宇堂さん？」と声をかけられたときはぎょっとした。

警戒しながら振り返ると、会社の隣のビルの植えこみに座りこむ男の姿。

缶コーヒーとたばこを片手に立ちあがった男の顔は、ちょうど看板の照明があたりよく見えたが、まったく記憶にない面貌《めんぼう》だ。

「何か……？」

暗に「戸宇堂だ」と認める形で応じると、男は安堵《あんど》に頬《ほお》をゆるめて、軽く首を上下させた。会釈のつもりらしい。寒いのか、背中を丸めたままの姿は、戸宇堂と同年代だろう顔立ちに反して、老けてみえる。

黒いダウンジャケットにスラックスと合皮の靴。とりたてて目立つもののない格好だが、曖昧《あいまい》な仕草が嫌いな戸宇堂の男に対する第一印象は、その会釈だけで悪くなる。

「いきなりすみません。どうしてもお会いしたかったんですけど、ベルドゥジュールさんの受付が厳しくて」

「ああ……」

男の言葉に、戸宇堂は足を止めたことを後悔した。

会社の受付がはねのける客は、特定の営業か、または家族を名乗るもの。こんな深夜まで戸宇堂が社外に出るのを待ち伏せするような男が、どこかの会社の営業とは思えない。

「申し訳ありませんが、急いでますので」

我ながら不自然だと思ったが、そう言って無理やり歩きだそうとすると、慌てた男にコートの袖《そで》を摑《つか》まれる。

「ま、待ってください。話だけでも聞いてくださいっ。初めてお目にかかりますけど、私は戸宇堂さんの、妹さんの夫です！」

やはり家族だったか、という苦々しさを驚愕《きょうがく》が覆《おお》い隠した。思わず戸宇堂は男を振り返る。

「妹？」

「は、はい。桜《さくら》さんと結婚しております、多嶋《たじま》と申します。ご挨拶《あいさつ》が遅れてしまって申し訳ありません」

戸宇堂にとって家族とは、つまり父と、父方の祖父母のことだった。何より、見栄っぱりで借金持ちのくせに金を右から左に流したがるのも、あちらの家系だ。

しかし桜は、母が引き取ったはず。

おぼろげな記憶の中で、母が抱っこしていた赤ん坊の小さな影を思い出す。

――桜ちゃん。桜ちゃんは、ママのことおいて、あいつの実家に行ったりしないでね。可愛い可愛い女の子だもんね。

この子があなたの妹よ、と紹介された記憶はないが、生まれたばかりの我が子を抱いて、母が壊れたようにいつも話しかけていた。その頃にはすでに、夫を「あいつ」呼ばわりしていた母は、幸か不幸か、戸宇堂が成功したあともその消息を聞くことはない。

父方の家族、親類縁者、その知り合いから金を無心されることはあっても、母はいないも同然の無縁さだった。

だから妹の存在も、意識したことさえない。

「妹とは、面識もありませんので、失礼します……」

「ま、待ってください。小さい頃にご両親が離婚されたことは知っています。けれども、桜はあなたしか頼る相手がいないんです！」

多嶋の用件は、結局のところ金の無心という点ではほかの親族と変わらなかった。

病気になって、手術代が必要だ。妊娠《にんしん》しているのだが、このままでは母子ともに危険だ。

今までも数度は聞いた、援助をもとめるための方便。

金をたかる理由のなかで、戸宇堂が嫌いな理由の一、二を争うネタだ。

下手に耳を傾けると、名前しか知らない妹の存在感が自分の中で膨らんでいきそうで、胸が苦しい。戸宇堂は多嶋の手をふりほどくと、その肩を押した。

多嶋がよろめいた隙《すき》に、駐車場に向かって歩きだす。

「戸宇堂さん！」

「妹とやらも、見ず知らずの兄なんかより、夫のあなたを頼りたいでしょう。それでは」

「私だけじゃどうにもしてやれないから、こうして恥を忍んでお願いに来てるんです」

「……」

「戸宇堂さん！」

夜道に多嶋の声が響く。

病名も言わないし何にいくらかかっているのか具体的な話もない。曖昧な話をいきなりふっかけてくるあたり、よくある詐欺だ。

経験からそうわかっているのに、夜道を競歩のようにして逃げる戸宇堂の胸はいつまでもざわついていた。

深夜の相原宅周辺は静まり返っていた。

相原宅を挟んで、ちょうど北側から住宅が増え、南は古い社屋が立ち並ぶ地域は、夜の喧《けん》騒《そう》とは程遠い。

多嶋との邂逅《かいこう》が尾を引き、とても一人の自宅に帰る気になれないまま、戸宇堂は我知らずアンブルまでやってきてしまっていた。

相原のいないアンブルに来たところで意味はない。

美味しいものも、それを味わう特別な空間も、彼がいない限り存在しないのだから。

こんな深夜に、無人のレストランまで来てしまってようやく、戸宇堂は自分が思った以上に動揺していることを自覚した。

巳口のせいだ。

そう、心の中で八つ当たりしながら戸宇堂は車から降りた。

相原と巳口が、あんなに仲のいい親子だなんて戸宇堂は知らなかった。仲よし家族を否定するつもりはないが、今まで自分は無縁だと割り切ってきたものが目の前に現れたとたん、あの親子の関係を微笑《ほほえ》ましく感じている自分がいる。

相原が巳口にレシピを譲ったことも、巳口が明るく振る舞い頑張っていることも、見守ってやりたいと思う自分がいる。

今まで戸宇堂の中のそういった情は未発達だったのに、温かな家族を傍《そば》で見て、刺激を受けたのかもしれない。だからこそ、その隙をついたような妹の情報はいつもと違い重苦しい。

戸宇堂は複雑な気持ちに揺れたままレストランの門をくぐった。

ここをくぐった途端、日常から切り離されたような時間がいつもならはじまる。

店に入れば、年代もののシャンデリアが食卓を淡く照らし、有名ブランドのカトラリーがテーブルの上できらりと光るのだ。

食前酒を飲みながら、相原の作る前菜をわくわくした心地で待つだけで、きっとこんな動揺は消え去ってくれるに違いない。

けれども、いざ足を踏み入れてみると、ビロード張りのソファーが鎮座するだけの小さなロビーは無人の城塞《じょうさい》のように暗く静かで、何年も誰も訪れていないかのように、冷たい空気を醸し出していた。

取り残されたような不安感。

余計に落ち込むだけだ、来なければよかった。そう思い直し、再び車に戻ろうとしたときだった。店の奥から、大きな音が響いてきた。

巳口だろうか。戸宇堂は店内へ続く扉を押し開けた。

とたんに、人を不安にさせる悪臭が鼻をつく。

ほとんどの椅子が部屋の片隅に押しのけられ、すべてのテーブルには埃避《ほこりよ》けの布がかけられたアンブルの店内の奥。わずかに厨房と繋《つな》がっているカウンターの向こうから、淡い光が漏れている。

近づけば近づくほど、鼻腔《びこう》の粘膜に刺さるような異臭が濃くなっていく。

恐る恐る、カウンターまで辿《たど》り着き、蛍光灯に明るく照らされた厨房を覗きこむと同時に、戸宇堂は息を飲んだ。

白いタイル壁と、ピカピカに磨かれたステンレス台。典型的な厨房の彩の中、目の前で、赤くて白いものが揺れている。

切り開かれた胸。肺がそこに詰まっていたことがすぐにイメージできそうなほど、綺麗《きれい》に並んだあばら骨。それらをつなぐ背骨が赤い肉の中で白く浮いて見え、断面も荒々しい首へと繋がっている。

人の上半身……？

繊維までくっきり見えるほど綺麗な赤い血肉に、白いぶくぶくとした脂肪片がぶら下がっている。

背格好は、どのくらいだろうか……目の前のあばら骨のついた肉塊に、ゆっくりと人の輪郭が重なりかけたそのときだった。

「あれ、社長？」

「っ……」

気づけば前のめりになっていた体が、弾《はじ》かれたように一歩下がる。

裏手にいたのか、厨房側の扉を開いた巳口が、赤ワインのボトルを二本抱えて、きょとんとして戸宇堂を見つめているではないか。

「ち、ちょっ、巳口くん、これ……っ」

「やっぱ臭い？　まさか社長が来ると思ってなかったから、換気足りてなくてさあ」

「臭……えっ？」

何か言いかけて、戸宇堂はメガネを指先で押しあげた。

この年になるまで、誰にも弱味を見せずに戦ってきた戸宇堂の本能が言っている。余計なことを言えば恥をかく、と。

たまらず巳口に背を向け、意味もなく髪を撫《な》でつけたり咳払いをしながら、戸宇堂は深呼吸をした。

そうだ、レストランの異臭が気になっていたのだった。そして厨房には人の上半身。いや、待て、そんなはずがない。

荒い溜息《ためいき》を一つ吐くと、ようやく戸宇堂は厨房に向き直った。

「お邪魔してるよ巳口くん。遅くまで熱心だな」

「あー、うん……社長、もしかしてこれ見てびっくりした？」

「……してない」

ワインを近くの台に置くと、巳口がにやりと笑った。

今すぐ、この赤い肉の塊で殴ってやりたい可愛《かわい》げのない笑顔だ。

「やだー社長ってば鹿肉の塊見てびびったんだ～さては蛙《かえる》の解剖とか駄目だったタイプなんだ～」

「だから、びっくりしてないと言ってるだろ！　いや、待て、鹿肉だと？」

思わずムキになりかけた戸宇堂に平常心を取り戻させてくれたのは、思い出深い動物の名前だった。再び、人間の上半身に見えてしまった肋骨《ろっこつ》と肉の塊に視線をやる。

「いや～、普段澄ましてる戸宇堂社長も、夜中の無人のレストランで肉片ぶらさがってたらびびったりするんだな！　貴重なもの見れちゃった～」

「……巳口くん、俺だって寸胴鍋に湯を沸かすくらいはできるんだぞ。君を放りこめるだけの鍋はあったかな？」

「ご、ごめんなさい」

はっとして笑顔を収めると、巳口は吊《つ》るしていた肉の塊を慎重にトレーに降ろした。

厨房の中を見やると、まさに料理中だったのか、火がついたままのコンロが一つあり、鍋がもくもくと湯気を立てている。

汚れてもいいのか、巳口はエプロンもつけずに、黒いシャツとジーパン姿のままだ。

「専門学校時代の友達が鹿丸ごと二体手に入れたんだけど、運悪く腕を怪我《けが》しちゃって、解体できなくてさ。俺に頼んできたから、解体する代わりに一部分もらうことにしたんだ」

「これ、君が解体したのか……」

「そ。オーストラリア産の赤鹿二頭。ある程度の処理はされてたから、俺は部位に分けるだけだったけどね。厳密には天然物じゃないんだけど、向こうの養殖はガチで放牧だから、けっこう身質がいいんだぜ」

「……」

戸宇堂は巳口を見上げて少し笑った。

普段は馬鹿なことを言うくせに、料理のことやその素材のことになると、頼もしいことを言う。

「店の異臭は、これのせいか」

「あたり。これから熟成させていくんだけど、今後は臭いが残らないように気をつけるよ」

そう言って、巳口はラックというらしい、鹿肉の部位をガーゼに包む。慣れた手つきだ。

「鹿肉に呼ばれたかな……」

ぽつりとつぶやくと、巳口が不思議そうに顔をあげた。

少し落ち着かなくなった。さっき、妹が病気だと言われても、すげなく多嶋を振り払って置いて帰ったことがバレているような錯覚に襲われる。

きっと自分は冷淡だ。今まで、猫の皮をかぶっている間はちやほやしてくれた人も、何かの拍子に家族との関係を漏らしたり本音で向きあった途端、必ずそう言うのだから間違いない。

だからといって今までショックを受けたことはなかったが、不思議と巳口に冷淡だと思われるのは気が引けた。

「何、社長、お疲れ？」

「ん？」

「元気ないじゃん」

らしくもなく、戸宇堂は押し黙った。

巳口の表情は心配そうで、いつもの、つまらない嫌味を言う気が失《う》せてしまう。

その代わり、戸宇堂は近くにあった予備らしき椅子《いす》を引き寄せるとそこに座り込んだ。

「腹が減ってるせいだ。何か、食べるものはないか？」

我ながら勝手な言い分だと思ったが、食べ物を所望しただけで、巳口はとたんに笑顔になる。いつものいたずらっぽい笑みを浮かべるとすぐにガスコンロへ向かっていった。

「よっしゃ、飛んで火にいるなんとやらだな。なんか弱ってるっぽいし、この隙に俺の料理の腕前見せつけてやるよ！」

「そうか、楽しみにしてる」

嫌味が浮かばず、素直な言葉をかけると、一瞬巳口の動きが止まった。

無言で皿の用意をする巳口の表情は少し緊張していて、威勢がいいくせに、また内心いろいろ考えているのだろうと思うと、やはり可愛いような気がしてくるのだった。

相原が厨房で働く姿を見たことはない。こうして厨房を眺めながら料理を待つのは少し新鮮だ。

それから数分後。巳口がカウンター脇の扉から出てくると、テーブル席につけ、とばかりに顎をしゃくってくる。

しかし、なんだか面倒で、戸宇堂は手近なワゴンを引き寄せた。

「なんだ、けっこう情緒とかシチュエーション大事にしてるのかと思って、テーブルセッティングしてやろうと思ったのに、けっこう適当だな社長。家でも、鍋のままインスタントラーメン食べたりするだろ」

呆れたとばかりに溜息を吐いて、巳口が銀盆の中身をワゴンに置く。

未だ鹿肉の臭気が漂う中、目の前に出されたのはなじみ深い肉料理だった。

白い皿の真ん中に、こんがり焼けた、野球ボール大のパイが一つ。

戸宇堂が皿に鼻を近づけると、ソースから、煮詰めたワインや血肉が混じりあった濃厚な香りが立ちのぼってくる。

「トゥルト？」

素材を生地で包み込んで焼きあげたものをトゥルトという。相原のメニュー表でよく見かけたその言葉を発すると、巳口がうなずきながら「鴨のね」と言った。

なるほど、ナイフを入れて、パイ生地を破ったとたん、いつもの鴨肉の香りがあたりに広がった。鹿肉の獣臭さが邪魔だが、多嶋の記憶から気をそらすには、魅惑の現実逃避先だ。

一口、ためらいなく頬張ると、ざくざくと、何層ものパイ生地が壊れ、ぶわりとバターの香りが口いっぱいに広がる。その香りに包まれた状態で、ようやく鴨肉に辿りつく。噛みしめると、バターの香りに加えてさらに濃厚な味わいが広がり、戸宇堂は口元を押さえた。

歯などいらないねっとりとした舌触りが、口の中の熱に溶け出し、甘い。

久しぶりのフォアグラだ。

パイ生地から漏れたバターの香りと、バターにも負けない濃厚なフォアグラの香り、そして最後に、鴨肉の香りが溶けあい、口の中で一つの新しい食べ物として完成されていく。

息をするだけで、主張の激しい香りが肺の中まで満たすようだ。

飲み下してしまえば、胃の中からさえ三つの香りが主張してくる。戸宇堂は、フォークを一度置くと、口の端についたパイ生地の屑《くず》を指で拭いながら巳口を見上げた。

「どうよ。鴨とフォアグラのトゥルト、親父直伝ルセット！　って言いたいとこだけど、フイユタージュが曲者《くせもの》でさ、実は前にも一度試したんだけど、いつもの調子で普通に作ったらバター臭が鴨とかソースと張り合って、旨いんだけど一皿食ってられないほど濃いんだよ」

「……フイユ……タウ？」

料理のこととなると、マシンガン状態で喋り続ける巳口の顔の前に手をかざし、戸宇堂は口を挟む。しかし、もう疑問を覚えた単語を最後まで言うことができない。

「バター使ったパイ生地のこと。バターと粉の層が、焼きあがったときにパイの層になるんだよ。だから、バターケチったらパイってのは味気ないわけ。特に歯触りが」

「なるほど……」

肉を邪魔しない、けれども食感のいいパイ生地を作るためにいかに悪戦苦闘したか語る巳口の表情は楽しげで、つられて戸宇堂の口元も笑みに歪む。

鴨とフォアグラと、バターたっぷりのパイ生地。

絶品の組み合わせに味覚は喜んでいるのに、戸宇堂はその味に集中できなかった。多嶋の声が耳朶《じだ》に蘇《よみがえ》り、顔も知らない妹が「病気だ」という事実が脳裏をかすめ、美味しい料理を美味しいと感じることにさえ罪悪感のようなものが湧きあがる。

せっかくの食材も、胃に落ちる頃にはそんなネガティブな心地に染まってしまったように重たい。

しかし、巳口の話を聞いていると、ゆっくりとその重みがとれていくのを戸宇堂は感じた。パイ生地をこねる仕草をしてみたり、鴨肉を捌《さば》いたときの手つきを再現しながら、巳口は目の前の料理を賑やかに語る。

元気いっぱいの百面相を見ていると、辛気くさい多嶋の面貌など記憶の片隅に追いやられていくようだ。

いっこうに戸宇堂が二口目を食べないことに気づいたのだろう。ふいに、巳口が武勇伝を語るのをやめると、戸宇堂の顔を覗きこんできた。

「社長、旨い？」

はっとして、戸宇堂は皿の料理と巳口を見比べた。

「う、旨い」

言ってから、しまったと奥歯を噛む。

すっかり嬉しそうに巳口が頬をゆるめてしまったが、こんなにあっさり認めてやっては、そのうちアンブルを継がせる気があるなんて勘違いされかねない。

妹のことよりも、アンブルのことのほうが自分にとっては大切だと思い直し、戸宇堂は必死でいつもの調子を思いだしながら料理の欠点を探した。

「旨いが、全部食べられそうにないぞ。とても重たくて、コースの途中で出てこられたらきつそうだ」

「やっぱりか……。親父のルセット、親父自身がわかってる内容に、親父なりのメモ付け足してる感じだから、書いてないとこはとことんわかんねえんだよな」

むっと眉をしかめて考え込んだ巳口の言葉に、誘われるようにして戸宇堂は尋ねた。

「さっきから、ルセットってなんのことなんだ？　フランス語か？」

「ああ、そう、フランス語でレシピのこと。友達に相談してたらそう言うから、なんかうつってきたわ」

「君は、何かと友達が多いやつだな」

「まあね。今言ってた友達はアメリカの元ルームメイト。向こうじゃ有名な料理の賞とったフランス料理店に勤めてんだぜ」

「その子に、本場のフランス料理を教えてもらったのか」

「そういうこと。子っていうけど、戸宇堂社長のほうが年齢近いんじゃねえかな？　今は電話代使わずに、インターネットで喋れるから、最近連絡しまくってるよ。向こうも日本の発酵食品の研究したいみたいだから、情報交換ってわけ」

苦笑すると、戸宇堂はもう一口、さっきより少し小さ目に鴨のパイ包みを切り分けると頬張った。ゆっくりと咀嚼《そしゃく》するだけで、贅沢《ぜいたく》な味と香りがいっしょくたになり、美味しい、という刺激が束になって脳の奥を痺《しび》れさせる。

このままこのパイを全部食べてしまえば、鴨の香りに犯されて、さっきの出来事を吹き飛ばしてしまえないだろうか。

美味しいのに美味しいという気持ちに浸っていられないのがわずらわしくて、戸宇堂は鴨肉を咀嚼しながら、何度も多嶋の言葉を振り払おうとした。せっかく巳口が頑張って再現した相原のレシピなのだから、もっと集中して味わってやりたい。

なかば、むきになったようにトゥルトと格闘していると、ふいに視界にグラスがひとつ飛び込んできた。

顔をあげると、巳口が少し困ったように笑いながら、赤ワインの満ちたグラスを掲げてくれているところだった。

「はい、眉間《みけん》の皺《しわ》を減らすお薬」

「……ありがとう」

旨い、とは伝えたが、きっと食べる姿はそんなに美味しそうではなかっただろう。そう思うと申し訳なくて、そして巳口のささやかな気遣いがありがたくて、戸宇堂は素直に礼を言うとグラスを手にとった。

この濃厚な鴨肉と一緒なら、酒精も心地よく体を巡ってくれるに違いない。少し酔えば、もっと気楽になって、巳口の料理のことだけを考えていられるかも。

そんな期待を胸にグラスを傾けた瞬間、鼻腔の粘膜に、これまでの香りとは異質な、ちりりと酸っぱい空気が刺さった。そうと気づいたときには、もうワインは口の中に流れこんでくるところで、戸宇堂は眉間の皺をゆるめるどころか、ぐっと二本、深い皺を増やすと仕方なく液体を飲みくだした。

「けほっ……巳口くん、君……」

「あちゃー。そ、そんなに合わなかったか？　このワインと料理」

こってりしたバターと鴨肉の風味にぴったりのワインだと、勝手に思い込んで飲んだせいで、そのギャップに戸宇堂は思わず咳《せ》きこんだ。

実際に口にした酸味の強い赤ワインは、テーブルワインなのかあっさりしていてそれなりに美味しいのに、覚悟していなかった酸っぱさに喉が驚いている。

せっかくのフォアグラの味わいが、若いベリー類のような酸味にかきけされてしまって、戸宇堂はむっと眉を顰《ひそ》めた。

「合わない。白ワインみたいな赤ワインだな、これ」

「去年の奴だから、若いんだよ。親父のワインセラー、なんか高い奴ばっかで、開ける勇気出ないんだよなあ。社長、ワインわかる？」

「わかるもなにも……君がわかってるべきだろう。まったく、君は本当に、見どころがあるのは料理の腕だけだな……」

言ってしまってから、戸宇堂ははっとして口元を押さえた。

グラスの中で、いわれのない中傷を受けたワインが揺れる。

多嶋の言葉に揺れ、余計なことに気を囚《とら》われていたせいか、今まで口にしないようにしていたことをうっかり漏らしてしまった。案の定、巳口は言葉尻を捕えたように、瞳を輝かせて戸宇堂に詰め寄ってくる。

「なになに？　ってことは、腕だけはけっこういけてるって認めてくれてるわけ？」

「あー……その、さすが相原さんの血だなと思っているだけで、何もあの人レベルの料理だと思っているわけじゃないぞ」

何度も繰り返しているような言葉で牽制すると、それでも嬉しいのか、巳口はへらへらと笑ってワインを飲んだ。

まるで一人で祝杯でもあげているかのような表情だ。

「いやー、なんだかんだいって、社長は旨そうに俺の料理食ってくれてると思ってたけど、想像以上に気に入ってもらえてると見たぜ」

勝手に言ってろ。とつっぱねてやりたいが、あながち間違ってもいないので、戸宇堂は拗《す》ねたように目を伏せるとちびちびとワインをすすった。

「言っておくが本当に料理だけだぞ」

「はいはい。ワイン知識と、高級料理店に必要なセンスはまだまだってね」

あっけらかんと言い放った巳口に、戸宇堂はわずかに目を瞠る。

ワインの知識まで足りないとは今日まで知らなかったが、センス云々《うんぬん》に関しては、まさに戸宇堂がずっと黙っていた、巳口に劇的に足りていない要素の一つだ。

思わず「わかっていたのか」とつぶやくと、巳口の笑顔が苦笑に変わる。

「ああ。こうして毎日アンブルの店内にいると、さすがにブランド物に興味ない俺でも、すぐ隣の住居エリアとの格差社会を感じるからな。気取っててこういう演出苦手だったんだけど、だからこそいいって常連客にとっては、料理だけ旨くても駄目ってことか」

「そういうことだ。それにしても気取ってて苦手、とは、なんだか君らしいな」

「だろ。アンブルのことも、昔は気取りすぎてて気軽に客が入りにくいって思ってたし。でもさ、ニューヨークで働いてた店、いわゆるセレブ向けでさ、客がこれまたお洒落《しゃれ》で気取ってやがるの。でも鉄板越しに客と向かい合っていろんな話聞くうちに、いわゆる一流品ってやつに興味は湧いたんだよな……いいよな、ハイブランドにふさわしい男になってやるっていうあのバイタリティ」

何を思い出したのか、けらけらと笑って巳口はお互いのグラスにまたワインを注いだ。

「戸宇堂社長も、そういう匂いがちょっとする。俺、本物の気取り屋は嫌いじゃないよ」

「ほう、君なんかに、気取り屋の本物と偽物の見分けがつくのか」

「つくんだなこれが。俺が『こいつ嫌な感じ』って思ったら偽物の気取り屋。『こいつむかつくけどかっこいいなあ』って思ったら、本物の気取り屋」

巳口が言い終わらないうちに、戸宇堂は思わず噴き出してしまった。

酷い基準だが、妙に説得力がある。しかし、その方程式でいくなら、戸宇堂は巳口に「かっこいい」と思ってもらえたのだろうか。

「社長、笑いすぎ」

「だって、君が変なこと言うからっ。ははは……やっぱり駄目だ、君に高級フランス料理店の道は遠そうだな」

「勉強するって！」

「ワインは？」

「……俺、ソムリエいる店しか行ったことないや。あ、ソムリエ雇う？　いい奴知ってるぞ！……日本語話せないけど」

最初の威勢はどこへやら、だんだん前途多難な現実にうろたえはじめた巳口に、戸宇堂はにやりと微笑みかけると追い打ちをかけてやる。

「ソムリエねえ。ソムリエが何を言ってるかくらいはわかるシェフでいてもらわないと困るんだぞ？　あててやろう。巳口くんは居酒屋に行ったらまず生中。家飲みは発泡酒か安い焼酎《しょうちゅう》だろ。たとえつまみが、コーラルから持ち帰ったローストビーフの切り落としだったとしても」

「……社長、自宅のほうにまで監視カメラつけないでよ……」

「馬鹿。店にもつけてないよ、そんなもの」

小馬鹿にしたように言い捨ててワインを傾けると、巳口はむっと唇を突き出して「俺も箱ワインくらい買うし……」と、フォローにならない言い訳をはじめる。

しかし、それもつかの間のことだった。

ワインを飲み干し、再び鴨とフォアグラのパイをつつきはじめた戸宇堂の横顔を見ながら、巳口が少し嬉しそうに言ったのだ。

「それにしても、久しぶりに社長のお澄まし面見れたからよかったよかった」

思わず、戸宇堂は皿から顔をあげた。

少し気遣わしげな、けれどもほっとしたような微笑みを浮かべた巳口が、ワイン片手に戸宇堂をじっと見つめている。

「深夜の無人のレストランに来て、一人で寂しそうな顔してたら、いつもの社長じゃないみたいで心配するよ」

「寂しそうになんか……」

いつもの調子でつっぱねようとしたところで、急に虚《むな》しくなって戸宇堂は口を閉ざした。つっぱねようとした口に絡みつく鴨の香りが気だるくて、意地を張るのが馬鹿馬鹿しくなったのだ。

寂しいかどうかはさておき、巳口の言うとおりだ。戸宇堂の心は今、元気とは言い難い。ずっと多嶋のことを考えていた。そして妹のことを。

巳口のせっかくの料理の中に、相原の味わいを探す余裕さえないほどに。

それなのに、いつの間にかその重たい暗さも忘れて笑っていられたのは、他ならない巳口のおかげだ。きっと、相原の見舞いに行くときに無理して笑っているように、今も戸宇堂を気遣ってくれていたのだろうと容易に想像がつく。

「あの鹿肉、いつ食べるんだ巳口くん」

巳口の真心が嬉しくて、その優しさに浸っていたくて、気づけば戸宇堂は澄ました顔も気取った態度もかなぐりすて、溜息をこぼすようにそう尋ねていた。

「え、さっきの？　最低十日は熟成したいんだけど、様子見ながらかな。これから毎日、あの肉肌にワイン塗りながら、冷蔵庫に置いておくんだ。社長、鹿好き？」

「……昔、相原さんにも言われたよ。鹿肉は好きかって」

相原の名に、巳口がワインを飲む手を止める。

疲れている。昔の思い出のほうが、明日への希望よりも甘く柔らかい気がするなんて、ことん弱っているなと今さら自覚する。

「飢えて、道端に落ちてたハンバーガーを食べようとする十歳にもならない子供に、鹿肉好きか？　なんて、わけがわからなかったよ」

「十歳っ？」

驚きに目を瞠った巳口に、戸宇堂はつらつらと懐かしい思い出を語った。

鹿肉に呼ばれた、あの日のことを。

寡黙な相原は、変わった出来事だったろうに、戸宇堂の話を家族にしたことはないらしく、巳口は何度も驚きの声をあげて真剣に話に聞き入ってくれた。

考えてみれば戸宇堂も、あの日の話を誰にもしたことがない。

二十年間糧にしてきた思い出を、今初めて語る相手が相原の息子だなんて、不思議な巡りあわせだ。

「親父が、ナイフとフォークも使えない子供に自分の料理食わせてやるなんて、びっくりだ。あの人偏屈でさ。俺、親父の料理食べたことないって言ったけど、そもそも家族のために料理作るっていう発想自体ないような変な人だったんだよ」

だからおふくろも出て行ったんだ。と言って苦笑を浮かべる巳口は、しかしそのあとすぐに苦渋に顔を歪めた。

「それにしても、なんだよ社長の家族。変なの」

「変……ははは、いいな。変なのって、言ってやりたいな、それ」

「だって変だろ。人間は、お互い大事にしあうところから始めなきゃやっていけないよ。ずっと一緒にいる家族なんて、なおさらじゃん」

戸宇堂の家庭事情に、巳口は素直な感情を見せてくれる。

同情かもしれないそういう反応を今まで求めたことはないが、こうして他人が自分の家族に怒りを覚えてくれると、くすぐったい心地になった。

ワインを舐《な》め、戸宇堂はそんな巳口の百面相を眺める。

「巳口くんは可愛いことを言うな」

「ば、馬鹿にしてるだろ」

「いや。とんでもない。……世間は、話し合えばわかりあえるだろう、家族なんだから、と言い出す。話し合い自体をつっぱねる俺にも問題があるってわけだ。知ってる。俺は冷たい男だ。みんな言うから、よくわかってる」

「……」

「家族なんだから。困ってるんだから。可哀想じゃないか。今の成功があるのも家族のおかげだろ、ささいなことは水に流せよ。俺はそういう言葉を全部『金貸してくれ』の派生だと思って冷たく聞き流してきたんだが……」

「だが？」

空になったグラスにワインをそそごうと、ボトルに手を伸ばす。

身を乗り出した拍子に体が傾《かし》いだ。慌ててワゴンに手をかけると、ワゴンの車輪が動く。

体を支えるつもりがワゴンに避けられ、戸宇堂はグラスを手にしたまま床に膝《ひざ》をついてしまった。

「うわっ、大丈夫か、戸宇堂社長」

「ああ、くそ。ワゴンで適当に飯なんか食うからだ」

「社長がそれでいいって言っ……まあいいや」

苦笑すると、巳口は戸宇堂を助け起こすどころか、崩れ落ちた戸宇堂の隣にどっかりと腰を下ろした。

その手にはワインボトルが握られており、たっぷりワインの満たされたグラスを差し出される。

高級フランス料理店の床に座りこんで飲んだくれるなんて、みっともないのに少し新鮮だ。

「酒がまわってきた。やっぱり疲れてるんだな。思考回路が逃避したいんだ」

そう言い訳して、戸宇堂はひとり言のように打ち明けた。

「さっき、妹の旦那《だんな》が来た。今まで一度も金の無心なんてしたことのない母方だ。生きてるかどうかも知らない。妹が……病気で手術費がいるとかなんとか」

巳口の表情が曇る。

きっと、病気の妹に同情しているのだろうと思った。今までみんなそうだった。

巳口に甘っちょろいことを言われたくなくて、戸宇堂は先回りした。

「大変だ、可哀想《かわいそう》に。金はないときはないからな。保険をかけてなかったのかとか、国の補助調べたのかとか、今吸ってるタバコやめたら四百円貯金できるぞとか、いろいろあるが言わないでおいてやったぞ。俺は心が広い」

「……そうだな、社長はけっこう心広いほうだと思う」

巳口のくせに、俺をなだめる気か。と、わけのわからない因縁をつけようと隣を見ると、巳口はワインを舐めながら戸宇堂を見つめていた。

視線が絡みあうと、妙な気分になる。

喉の奥には鴨の香り。

そういえば、鴨の香りに煽られ、巳口が弱っている夜に二人で傷を舐めあった。

今、同じ鴨の香りがしていて、逆に戸宇堂のほうが弱っている。

巳口はあの夜、戸宇堂との行為で何か払拭できるものはあったのだろうか。

急に気になって、戸宇堂は巳口ににじりよると、そのぶあつい唇をついばんだ。

微《かす》かに、巳口の肩が驚いたように揺れる。

「何？　……多嶋とかいう奴の話、忘れたいの？」

「……忘れる方法、君は知ってるのか巳口くん？」

舌でぺろりと巳口の唇を舐める。すると、あたりの温度があがった気がした。

誘われるように巳口の股間《こかん》に手を添えると、なぜか、すでにそこは固く膨らんでいる。

「巳口くん、今の俺の可愛い妹話のどこに、興奮する要素があったんだ？」

「俺もびっくりしてる。ちゅーしてくる社長が可愛くてすごくむらむらしたから」

「ちゅーなんかしてない。かじっただけだ」

「へえ～……」

憎たらしい笑みを浮かべると、巳口が戸宇堂の頬に手を伸ばしてきた。

そうして、そのまま唇を奪い返される。

多嶋のことや家族のこと、そんなものがうずまいていた脳裏が、一瞬にして以前巳口と寝た夜の記憶に塗り替えられた。

記憶がぞくりと背筋を這《は》い、鴨肉の香りに満たされた体が欲情する。

「社長は？　俺のこと煽ったくせに、社長の体は冷めてんの？」

挑発するように言うと、巳口は膝立ちになった。

見せつけるようにジッパーを下げた巳口のジーンズの前合わせの隙間から、下着の膨らみが露《あら》わになる。じりじりとジーンズが下着ごと下げられ、性器を目の当《ま》たりにするにつれ、戸宇堂は自分の下腹部にも血が集まるのを感じた。

ただ嫌なことを、多嶋との出会いをひと時でもいいから忘れたい。という気持ちが最初はあったのだが、こうして巳口の興奮を目にすると、妙な好奇心が湧いてくる。

自分を相手に「むらむら」するだなんて、巳口はいったいどんな気持ちでアプローチしてくれているのだろう。今は遊んでないなんて言ってた気がするが、ならどうして自分の相手をしてくれるのだろうか。

疑問に背中を押されるように、戸宇堂は巳口のものへ顔を近づけた。

下着の中から現れたそれは、やんわりと熱を帯び、わずかに頭をもたげている。

同じ男のものなんてグロテスクだ。理性ではそう思っているのに、鴨肉の香りに包まれたそれは不思議と旨そうに見えた。

おそるおそる触れると、なじみ深い弾力が指に触れ、脈動が伝わるような気がして胸が高鳴る。

「えっ、社長、手でしてくれんの？　会社社長の手とかなんかすごそうなんだけど」

「君、社長という生き物をなんだと思っているんだ」

苦笑がこぼれ、戸宇堂はそのまま巳口のものを手で慰めた。

乾いた肌はこすりにくいが、刺激にすぐに膨らむ顕著な反応に、自分の肉欲まで刺激される。

「君、弱ってる人を見たら、いつもこれで慰めてあげるのか？」

「そんな男に見える？」

「見える」

嫌味たらしく笑い、戸宇堂は先端に唇を寄せた。

抵抗はある。けれどもそれ以上に、鴨の香りに煽られた好奇心が強い。

普通のプレイだ。自分だってしてもらったことがある。

そう思うと躊躇《ちゅうちょ》などあっさり消えていき、戸宇堂は巳口のものをぱくりと口に含んだ。

「うわっ」

巳口よりも、陰茎そのものが自分の意思で驚いたように、口腔《こうこう》内でそれは揺れた。

むくむくと膨らむ竿《さお》に唇が広がり、舌を這わせると、羨《うらや》むように戸宇堂の下半身で蠢《うごめ》くものがあった。

一度だけ、巳口を受け入れ、その快感を覚えている後孔。

戸宇堂の舌が巳口を味わうと、即座にその屹立《きつりつ》が与えてくれる愉悦を思い出したらしい。

「ち、ちょっと戸宇堂社長、俺は嬉しいけど、いいのかよそんなエロいことして」

「トゥルトは旨いが、やっぱりそろそろ胸やけしてきた。口直しだ」

「あっ、すごい斬新な口直し……んっ、ふっ……社長こそ、こんないけない遊びばっかしてんじゃないの？」

「前も言ったろ、君が初めてだ。君が初めてでなくともな」

「若い頃は馬鹿やりました。それは認めます……」

「ふふふ、素直でよろしい」

先日の夜と違い、自分のほうが巳口を煽っていることが楽しくて、戸宇堂はためらいなく巳口のものを味わっていく。なじみ深い陰茎の凹凸は、どこもかしこも戸宇堂の舌先にくすぐられると震え、頬張ったたまますするとぐんと硬度が増す。

どこが気持ちいいだろう。試行錯誤しながら、唾液《だえき》でとろかすように表皮をなぞる。

巳口のものが反応し、膨らみ、揺れるたびに、無邪気な達成感を覚え、いっそう戸宇堂はどん欲に貪《むさぼ》りたくなった。

「巳口くん、気持ちいいのか？　こんなにして……」

「ぁ、うっ……気持ちいい、っていうか……社長の顔が、俺の股間にほおずりしてるの見たら、たまんないな」

「ああ、なるほど。こういう感じか」

いつもなら馬鹿にするところを、ワインの力もあいまって、戸宇堂は再現してやろうとばかりに巳口のものを咥《くわ》えた。喉奥に亀頭が触れそうなほど深く飲みこむと、頬や鼻先が、巳口の柔らかな茂みに触れる。上から見下ろす巳口には、倒錯的な光景になっているようだ。

ひくつく先端が、膨らみ揺れて、戸宇堂の喉奥を叩《たた》く。

たまらずえずきそうになるのを抑え、必死で舌を縋《すが》りつかせる。粘膜全体で嬲《なぶ》るようにすると、もう限界なのだろう巳口のものから、塩気を感じる液体がにじみ出る。

吸い取ってやりたい誘惑にかられ、戸宇堂は上顎《うわあご》で性器の先端をときおりこすりながら、巳口の屹立をすすった。

表皮がかすかにつっぱる程度の優しい息遣いに、巳口が戸宇堂の頭を押さえた。

「あ、くっ……やば、もう来たっ」

「ん、っふ」

歪んだ戸宇堂の食欲は、理性の忠告など聞かずに巳口の吐き出すものを欲していたのだが、巳口のほうがまともな理性を持っていたようだ。

ぐいと摑まれた頭は無理やり引き剝がされ、戸宇堂が仕方なく巳口の陰茎を離すと、鼻先に痛いほど膨らんだ先端がぺちりと当たった。鈴口がぱくぱくと口を開け閉めしているのが見える。

自分の口で、そんなに興奮したのかと思うと、その小さな穴が可愛く思えて、戸宇堂は床に置いたままのワイングラスを無自覚のまま手にしていた。

「ふ、ぅっ」

巳口がうめく。その、絶頂を迎えた性器に優しく手を添えると、戸宇堂はワイングラスを近づけた。

赤ワインが少し残っているその中に、巳口の欲液が飛ぶ。

一瞬ぎょっとしたような巳口だったが、非常識なところに精を吐き出す背徳感に煽られたのだろう、甘く喘《あえ》ぐとさらに欲液をこぼす。

どろどろとしたものがクリスタルグラスの内側をよごし、卑猥《ひわい》なカクテルを作り出した。

「はっ、は……ふ、ぅっ。し、社長、何考えてんの……変なことに目覚めそうじゃん、俺」

「いや、どんな味かと思って」

「へ？」

多嶋のことで悶々《もんもん》とするより、よほど有意義な探究心だと、肉欲に朦朧とする思考回路で本気で思い、戸宇堂はグラスを傾けた。

しかし、そのグラスの口を、大きな手がはっしと摑んだ。

きょとんとして見上げると、呆れ返った巳口がこちらを見おろしていた。

「社長が俺より先に変なことに目覚めてどうすんのさ。ワイン好きなくせに、こんなことしてあとで後悔しても知らないよ？」

「……巳口くんのくせに、生意気なことを言うじゃないか」

取りあげられたワイングラスが、ワゴンの上に消えていく。

「多嶋のことを忘れるには、そのくらいのパンチが必要かと思ったんだがな」

「ふーん、俺だけじゃ足りないっていうんだ。余裕じゃん」

戸宇堂の溜息に、巳口はにやりと不敵な笑みを浮かべると、絶頂の余韻に火照《ほて》る体で覆《おお》いかぶさってきた。

堅い床に押し付けられた戸宇堂の体に、冷たいものが降ってくる。

メガネに赤い飛沫《しぶき》がかかるのを拭《ぬぐ》いながら見上げると、巳口が興奮しきった雄の顔をして、ワインボトルを傾けているところだ。

さっきの鹿肉は、これから十日間、ワインを塗りながら冷蔵庫で熟成されるんだったか。

そんな話を思い出し、戸宇堂の性器がじんと熱を帯びる。

今から自分も、巳口に下ごしらえされるのだろうか。ワインを塗って冷蔵庫にしまってもらえると、多嶋のことなんてきっと考えなくてすむ。

自らベルトをはずし、スラックスを脱ぎ捨てる。たくしあげられたシャツの下に巳口の手が入ってきて、乳首を弾《はじ》かれた。

ワインが肌をつたい、その液体がまるで巳口の新しい手のように戸宇堂を愛撫《あいぶ》していく。

「ふ、ぅっ……」

たまらず吐息をこぼすと、一度ワインボトルを傾けるのをやめて、巳口が掠《かす》れた声で尋ねてきた。

「戸宇堂社長、ほんとにこんなこと許すの、俺だけ？」

「ああ、今のとこ」

「よかった」

香りだけで酔ってしまいそうなほどワインの香りが辺りを満たしている。

鴨肉の強すぎる香りと一緒くたになって、刺激がきつい。

安堵の溜息を洩らした巳口がワインボトルを再び傾けると、赤い液体がぼたぼたと戸宇堂の股間に命中した。

「つめ、たっ……ぁんっ」

「こんなに頼ってくれる社長のために、めちゃくちゃ気持ちよくしてやるよ。終わったあと、多嶋とかいうやつのこと思いだすたびに、俺とのエッチ思い出してそいつがどうでもよくなるくらい」

降ってきた言葉に、戸宇堂はどうしてか、泣きそうになった。

もしそうならいい。

わずらわしい家族のことを考えるよりも、巳口との、こんな意味のない、ただ心地よい時間を思い出すほうがずっと有意義だ。

「前から思ってたんだが……君はけっこう優しいな」

珍しく漏らした戸宇堂の本音は、そのうち嬌声《きょうせい》に変わり、深夜のレストランは肉欲の宴《うたげ》に染まるのだった。


「近くに代行業者がいるから、運転してもらって帰るよ」

「泊まっていってもいいのに」

「冗談……」

何もかも忘れるほどに求め、貪りあううちに夜は更けていった。悔しいことに、先に音をあげたのは戸宇堂のほうで、ぐったりとソファーで身を休めるうちに、腕時計の針が三時を指す。夜、というよりも夜明けのほうが近い。

しかし、酒がまだ体に残っていた。自分で運転なんてとてもできそうにない、と言って起き出した戸宇堂に、巳口は床掃除のモップを動かしながらとんでもない提案をしてくる。

しかし、泊まっていけ、という巳口よりも、意地でも帰る戸宇堂のほうが、何かを意識しているような気にもなる。

気恥ずかしくて目を合わせずにネクタイや背広を引っ掴んだ。

「泊まっていって、明日の朝、親父のお見舞い一緒に行かね？」

「……明日の朝は会議だ。相原さんにはよろしく伝えておいてくれ」

「わかった」

代行業者に電話をしてから身支度を整える。

そして、レストランを出ようとしたとき、巳口が少し重たげに口を開いた。

「あのさあ、さっきの話なんだけど。ほら、妹さんの」

「あ、ああ……？」

黙っていることを選んでくれたのだと思っていたが、やはり放っておけなかったのか。

せっかくいい気分で帰ろうとしているのに、力になってやれだなんだと言われるのは興《きょう》醒《ざ》めだ。

しかしそんな不安は杞憂《きゆう》だった。

「お金借りる相手、戸宇堂社長じゃなくてもいいと思うんだよ」

「……何？」

「戸宇堂社長って、そこそこ金持ちだろ？　そんな社長がさ、金貸ししぶってるなら、それなりの理由があるじゃん。そういう理由全部我慢して、血が繋がってたらとにかく助けてやらなきゃならないなんてこと絶対ないと思う」

てっきり、もっと家族愛的なことを言われると思っていた。

多くの人がそうだったし、巳口にいたっては父親をあれほど大事にしているのだから。

今の巳口の話が幻聴だったかのように、戸宇堂の携帯電話がかしましい着信音を立てる。運転代行業者が、レストラン前に到着したようだ。

しかし、戸宇堂はただ巳口を見つめていた。

同じことを、もう一度言ってくれないだろうか。そんな愚かな願いが胸に湧く。

「社長、自分のこと冷たいって言ったけど、そんなことないだろ。少なくとも俺と親父には優しいし……会社のことだって大事にしてるし。社長を大事にしてくれない奴の言うことなんか、聞かないでくれよ」

「……」

「たとえ誰を切り捨ててようと、今大事にしなきゃならない人を一生懸命大事にしてる戸宇堂社長は、俺はすごいと思う」

「何を、そんな、急に……俺が慰められてるみたいじゃないか」

声が上ずった。

喋るたびに、鴨の香りが舌に蘇り、巳口に抱かれた温《ぬく》もりまで生々しく思い出す。

「慰めたいんじゃなくて、俺、戸宇堂社長はいつもの意地悪で気取ってるほうが、好きだから さ……」

口にしてから、巳口は自分の言葉に驚いたような顔をして、わずかに視線を落とした。

戸宇堂が、巳口達に優しいなんて幻想だ。やりたいことをやっているだけだ。

普段調子に乗ってるくせに、こんなときは一生懸命励まそうと、戸宇堂のために送る言葉を考えてくれている巳口のほうがよほど優しい。

「そうかそうか、巳口くんは、俺が意地悪で気取ってるほうが好きか。わかった、次会うときまでに、駄目出したっぷり考えておいてやろう」

「へへへ、そうこなくちゃ」

「喜ぶなよ、馬鹿」

二人して笑って、ようやく戸宇堂は携帯電話を開く。

代行業者に電話をかけなおしながら巳口に背を向けると、あっと言う間にレストランをあとにした。

冷たい夜風が、体の熱と、味わいつくした香りを奪っていくが、胃の中では相変わらず鴨が居座り続け、巳口の肉欲の記憶とともに、体内へ溶けだそうとしているのだった。

電話の向こうから、社員の「多嶋様、ですね？」と確認する声が聞こえてくる。それに応じながら、戸宇堂は社長室の窓から、駐車場へ通じる道を見下ろした。

多嶋に声をかけられた場所に頻繁に視線をやってしまうが、あれから数日、あの男が再び姿を現わす気配はない。

「そう、多嶋だ。下の名前は知らないが、私の親族だと言って名乗るはずだから、そのときは私に繋いでくれ。悪いな、手間を増やして」

必要事項だけ伝えると通話を終え、戸宇堂は窓を閉めた。

多嶋と遭遇した夜はあんなに動揺していたのに、巳口と過ごしてからは、恐ろしいほど心が穏やかだ。

今までずっと家族をつきはなすことで自分の安全や、今まで築きあげたものを守ってきたつもりだったが、そういう張りつめた糸のような緊張を、巳口にほどいてもらったような気がする。

世間体は冬よりも冷たく厳しい。

事情があろうと、家族の救いを求める声をつっぱねていると、赤の他人は眉をひそめる。徹底的に連絡手段を排除することと、持ち前の猫の皮を幾重にもかぶった如才ない人づきあいでその世間の目をくぐり抜けてきたが、その積み重なった時間や嫌な思いが、自分を意固地にしていたかもしれないと、戸宇堂は初めて思った。

巳口は父親思いだ。友人が多くて人なつこい、そんな彼が戸宇堂の立場を慮《おもんぱか》ってくれた、それだけで戸宇堂の凍《い》てついていた家族への意識がゆるみはじめている。

多嶋の突然の訪れに動揺したのは、その唐突さのせいでも、多嶋の必死さのせいでもない。ましてや金の無心をされたことへのショックを今更覚えるはずもない。

ただ純粋に、戸宇堂の中に妹を心配する気持ちがあったからだ。

その、らしくもない自分の本音に自分は動揺していたのだと気づかされ、戸宇堂は溜息を吐いた。

応接セットのテーブルに、大量のタッパと資料を並べて難しい顔をしていた喜野が、その溜息に気づいたのか顔をあげる。

「なんだ、腹減ったのか?」

「ここ数日、おまえはひたすら俺を腹空かしてる男扱いするな。なんなんだいったい」

「だって、巳口くんがこないから、お前さん腹空かしてるんじゃないかと……」

「あいつがこないおかげで、久しぶりに和食が食えて胃が喜んでるくらいだ」

「ふーん。妹のこと考えたら胃に穴が開きそう。の間違いなんじゃないのか?」

「そんなことでいちいち胃をやられて、社長業が務まるか」

喜野は、最近何かと巳口くん巳口くんとうるさい。

なんだか、巳口と関係を持ったことを見透かされているような気になって落ち着かないが、喜野は純粋に巳口が持ってくる獣肉が気になっているだけらしい。

今もタッパにいろんな食肉を用意して、何を調べようかと模索しているようだが、経営に関しては才能のある戸宇堂も、科学的な検証は門外漢だ。

やる気になっているときの喜野は、好きにさせておくほかない。

「ダイエットでさ、肉食べたほうがやせたとか言ってる子がいたから、ちょっと気になるんだよ、肉」

「この五日毎日その話聞いてるが、まだ研究の方向性は固まらないのか。温厚な俺も、ときには誰かを無能といって罵《のの》りたくなることもあるんだぞ？」

「やめろよ戸宇堂、うちのラットの悪口は」

「おまえにだ、馬鹿」

「はー、インスピレーションくれたの巳口くんなんだから、責任とって巳口くん、毎日来てくれないもんかな……」

「おまえは自分の欲望のためならけっこう理不尽だな」

呆れながらも、一応戸宇堂は喜野のインスピレーションとやらに貢献してやるか、と頭を働かせた。何の研究がしたいのか知らないが、肉でも食わせてやれば満足するのだろうか。

そこまで考えたところで、戸宇堂ははっとした。

そうだ、まさに肉を食わせてやればいいのではないか。コーラルで。

巳口はしばらく来ない。と思いこんでいたが、それなら自分から巳口の店に行けばよかったのだ。

アンブルで過ごした一夜は今も戸宇堂の記憶にこびりついていて、淫《みだ》らな欲望に溺《おぼ》れたことよりも、自分の弱さをさらけ出してしまったことのほうが恥ずかしいのだが、喜野と一緒なら巳口と一対一になることもない。

何より、コーラルには鴨を使ったメニューもないから、いくら巳口の料理を食べても彼との濃厚な夜を思い出して気持ちが翻弄《ほんろう》されることもないだろう。

完璧なチャンスだ。という意欲をいつもの余裕顔に隠し、戸宇堂は喜野に提案した。

「喜野、そんなに毎日悩んでいるのなら気分転換しないか。今夜食事に行こう」

喜野が、外食するより研究室にこもっていたいと言いたげな視線をよこしてくる。

どこに誘われているのか、気づいていないらしい。

「コーラルに肉食べに誘ったんだが、興味なさそうだな。仕方ない。俺一人で行ってこよう」

「行く！　それならそうとはっきり言えよ、俺馬鹿なんだから」

「……いくら飯にインスピレーション受けたからって、あいつの馬鹿さまで伝染しなくていいんだぞ」

念のためにスケジュール帳を確認しながら、戸宇堂はほくそ笑んだ。

もし巳口とゆっくり話せる暇がありそうなら、妹の話をしてみようか。

彼にはあの夜、自分の弱い部分を見せてしまった。とても心配してくれたのだから、思い切って多嶋に再び会ってみるつもりだと打ち明けたい。

君を見習って、自分も少しは家族愛を見直してみるよ。なんて言えば、またぞろ巳口は調子にのって「社長の力になれるとか、さすが俺」なんて言い出すかもしれない。

そんな馬鹿な姿を見ることができれば、きっと多嶋に会う不安も吹き飛ぶだろう。

ひたすら巳口のことばかり考えている自覚のないまま、戸宇堂は夜に焦がれながら仕事に励むのだった。

夜。少し仕事が押したため、コーラルに到着したのは客もまばらな時間帯だった。

店に入ってすぐ、めざとく巳口のほうからこちらを見つけてきた。

「あれ、戸宇堂社長じゃん、こっちこっち！」

「いらっしゃいませ、はどうしたんだ巳口くん」

「おっとそうだった。いらっしゃいませお客様、またお越しいただきありがとうございます」

うやうやしく頭を下げると、巳口は仰々しい手つきで席をすすめてくる。ところがその同じ鉄板のカウンター席にいた先客が、巳口の仕草に弾《はじ》かれたように立ちあがったため、戸宇堂は驚いてそちらをみた。

巳口と同年代くらいだろうか、柔らかな輪郭と、くっきりと二重の目元がういういしい雰囲気の青年だ。どこかで見たことがあるような気もするが、思い出せないうちにその青年が、戸宇堂と巳口に交互に視線をやりながら口を開いた。

「ユーリ、こちらが、前から言ってた社長さん？」

「そうそう。戸宇堂社長、ちょうどよかった。社長、こいつが、前言ってたアメリカから帰ってきた友達。派手に世界一周旅行とかしてたくせに、俺が急に帰国して、久しぶりの日本トークばっかりしてたら、ホームシックになってこいつも急に帰ってきたってわけ、なあ、さっちゃん」

「バカ、名前で呼ぶなっていってるだろ、しつこいんだから。戸宇堂社長、初めまして。清《きよ》瀬《せ》と申します。社長のことは、ユーリから聞いてました。すごいですね、まだお若いのに、自分で会社興して成功させるなんて」

「巳口くんの情報なら、話半分に聞いておいたほうがいいですよ。私はまだ成功にはほど遠いです」

如才なく笑みを浮かべて、握手をかわすと二人して席につく。

見覚えがあるのは気のせいだったか。

それよりも、巳口の友達というから、もっと遊び人風の人物を想像していたが、思いのほか落ち着いた雰囲気だ。サラリーマン風の格好と見せかけて色気のあるスーツの着こなしをしているが、気取った雰囲気はない。

仕事柄いろんな人間と知り合ったが、初対面の印象としては、清瀬は好印象……のはずが、何かが気に入らない。

だいたい、ユーリとはなんだ、ユーリとは。と、友達同士なら名前で呼んでいても不自然でもなんでもないのに、そんなささいなことが引っかかる。

「社長、喜野さん、何にする？」

「そこの黒板のコース。二百五十グラム。巳口くん、君は私の知らないところで、いったいどんな悪評を振りまいてくれてるんだ」

「お、俺は事実しか言ってねえよ、マジで。なあさっちゃん」

さっちゃんと呼ばれるのは嫌だと言ったのに。とご不満なのか、清瀬はじっとりと巳口を睨《にら》みつけると肩を竦めた。

「あの社長、全身何万円もするコーディネートで澄ました顔して、女騙《だま》しまくってるに違いないとかなんとかまくし立ててた記憶はある」

「ちょっ……そ、それ、俺が戸宇堂社長の存在知ったばっかでパニクってたときの話じゃん」

「インタビュー誌見ながら、こんな優しい顔して思いやり深そうなこと言ってるけど、本物はすげえ意地悪で、白雪姫とかシンデレラの継母《ままはは》みたいな顔して俺を苛めてくるんだぜ、とか」

「清瀬様申し訳ございません、もう名前で呼ばないから勘弁して……」

清瀬の暴露は軽妙だ。容易に巳口がその文句を言っている姿が思い浮かび、戸宇堂は巳口の言葉をさえぎった。

「いや、私は興味深い。是非《ぜひ》、記憶にあるかぎり巳口くんの本音を聞かせてもらいたいね」

意地悪な継母とは言ってくれる。

巳口に微笑みかけると、気まずいのかいつも明るい顔はあさってのほうへ逸らされた。

少し苛めすぎたかな、と思ったところで、同じことを清瀬も思ったらしい、苦笑とともにフォローが入る。

「まあ、最初はこんな調子で文句ばっかりでしたけど、最近じゃのろけ同然でしたよ。お父さんが倒れてすごくナイーブになってたから心配してたんですけど、ユーリの話を聞いてると、戸宇堂さんがいてくださってよかったなと思います」

「そうですか？　聞いてのとおり、私はシンデレラの継母のように意地悪だから、巳口くんの迷惑になってないか心配してたんですよ」

「だから、勘弁してってば……」

珍しく弱り切った顔を見せてくれた巳口だが、コースの食材を焼きはじめると、相変わらず器用で正確なパフォーマンスを見せてくれた。刀か拳銃のようにして、腰のベルトにさしていた包丁を持ち出し、マジックかと思うような早業で野菜がスライスされていく。

コック服着て、こんなパフォーマンスしてたらかっこよく見えちゃうからずるいですよね。」

と言って笑う清瀬に、戸宇堂もうなずかざるをえない。

清瀬は戸宇堂に関して根ほり葉ほり聞いてこない代わりに、やけに積極的に自分の話題を出してきた。とてもおしゃべりな性質なのだろうか。

どの道、清瀬がいるから、今夜は巳口とゆっくり話すことはできないだろう。巳口にいろいろ話したいことがあったが、それは次回のお楽しみにとっておこう、と戸宇堂は気持ちを切り替えると、清瀬の話に耳を傾けた。

「母が旅行好きで、今再婚相手と、定年退職記念のクルーズ旅行中なんですよ。海外旅行は初めてだっていうから、無料ガイドがてら船で一緒させてもらってたんですけど、いい加減熟年カップルののろけ話にも飽きて、シンガポールに寄港したときにそのまま下船してこっちに来ました」

「それは大変でしたね。清瀬さんは巳口くんとアメリカで会ったんでしたっけ。海外旅行は頻繁に？」

「根無し草です。義父がすごく優しいので、逆に居づらくてアメリカにいったら癖になっちゃって、以来ヨーロッパやアジアをふらついてばかりで、今日も半年ぶりの日本ですよ」

戸宇堂に海外旅行経験はない。テレビで見聞きするのとは違う話を面白がって聞いているうちに、パフォーマンスも佳境に入った巳口からクレームがつく。

「ちょっとお客様、俺のことそんなに無視しないでよ。もうすぐフランべだよ？　火柱あがっちゃうんだぞ？　すげえかっこいいんだぞ？」

「はいはい。子供か君は……こうしてると、君が本当にアメリカでまともに仕事できていたのか不安になってくるな」

「できてたっての。なあ清瀬」

「褒めてやるのは癪《しゃく》に障るんだけど、見かけによらず本当によく働くんですよ、戸宇堂さん。今も、ユーリがいきなり帰国しちゃったから、お店のほうはてんてこ舞いで……」

「代理で誰か用意してなかったのか、巳口くん？」

「代理のあてはあったんだけど、それより先に店長が知り合いの息子を入れちゃってさ。これが全然使えなくて今困ってるらしい。うちの店ももともとスタッフ同士がギスギスしててやばかったんだよ。オーナー派と独立派と旧料理長派閥と、えーとあとそれから……」

多いときは百名近い来客のパーティーもできる規模の大きな店に勤めていたらしい巳口は、何を思い出したのか困ったように笑って続ける。

「こうして離れてみるとすごい気楽でびっくりしてる。けっこうストレス感じてたのかな俺。旨い店なんだけどもったいないなあ」

「でも、あんまり放ったらかしのままだと、修行組の若い子たちが可哀想だよ」

店によく遊びに行っていたらしい清瀬が口を挟む。

巳口の職場の人間関係まで知っているのか。自分は巳口がアメリカの店の厨房にいる姿を想像することさえできないのに。

面白くない。しかし、そんなことを考えていたせいでバチがあたったのか、巳口の返事に戸宇堂はショックを受けた。

「うん、まだ日取りは決めてないけど、そのうち戻るよ。ビザ切れる前に行ったほうがいいかな」

「あっちのビザややこしいんだから、早く更新手続きしなよ」

ビザの話になったのを横目に、戸宇堂は静かにワインを口に含んだ。

しかし、胸のうちは嵐のようだ。もしかしたら、多嶋との邂逅よりもはるかに動揺しているかもしれない。

考えてみればあたり前のことだった。

巳口は、相原のために急きょ帰国しただけだ。

成人してからはずっとアメリカで働き、キャリアも人脈もアメリカで育て、今もそこにあるのだろう。日本にいる理由は、相原が帰ってくる場所を守りたいから、それだけのことだ。

勝手に、巳口がいつまでも近くにいるような気になっていたが、アメリカに帰ってしまうほうが、巳口にとってはあたり前の選択肢なのではないか。

現に、今も巳口は相原の家を間借りしているだけで、自分の住む家さえ見つけていない。

もし、巳口の望み通りアンブルを彼に継がせることがあるとすればまた事情は変わってくるのかもしれないが……その、アンブルでの巳口の将来は、結局戸宇堂自身が握りつぶしてしまっている。

だからどうした。巳口がアメリカに帰ってしまったところで、彼と出会う前の日々に戻るだけじゃないか。そう自分に言い聞かせたところで、戸宇堂は巳口の声に我に返った。

「まあ、今はアメリカのことより親父のお見舞いだな。社長、今度一緒に行こうって約束したの、ちゃんと覚えててくれてる？」

「ああ、この店は月曜日が定休日だったな、来週の月曜でどうだ」

清瀬と先約があったらどうしよう。

どうしてかそんなことを考えながら提案すると、巳口は了承してくれた。

やったあ、見舞い話何にしよっかな。などと言いながら鉄板にコニャックを垂らし、火柱をあげる。

よほど相原の見舞いの予定が嬉しいらしい。だったら、日本に居続けてくれればいいのに

……そんなわがままが、ふと脳裏に浮かんで、火柱とともに消えた。

「社長、お待たせしました。牛脂で焼いたキノコづくしソテー。マッシュルームが絶品ですよ」

「今さら君から敬語を聞くと、気持ち悪いな」

「なっ……ほら見ろ清瀬、意地悪だろ」

人の気も知らないで、巳口はまた清瀬に話を振る。

「いや、正論だと思うよ」

清瀬とは気があいそうだ。けれどもやはり気に入らない。

こいつさえいなければ、巳口がアメリカに帰るなんてこと、気づかされずにすんだのに。

そんな八つ当たりさえ覚えながら飲むワインは味気なくて、戸宇堂は料理を味わう余裕のないまま、酒ばかり進んだ。

キノコのソテー、セロリのピクルス、と続き、いよいよ焼きあがった美しいフィレ肉を頬張る間も、巳口と清瀬の話は弾む。

聞きたくないのに聞いてしまうのは、自然と巳口のアメリカ時代の話が聞けるからだ。

しかし、見知らぬ他人などにまったく興味のない喜野には、もう若人との会話を終えて静かにグラスを傾けている戸宇堂は、暇をもてあましているように見えたらしい。肉で頬を膨らませたまま唐突な話題を切り出してきた。

「戸宇堂、お前桜ちゃんとやらに会ったら、本気で援助する気なのか？」

すっかり意識の外に追いやっていた話を持ち出され、ぎょっとする。

「お前が桜ちゃんって言うなよ。気持ちの悪い男だな、そんなだから、顔に騙《だま》されて近づいてきた女の子に『イメージと違う』っていってボロカスに罵られるんだぞ」

「俺、今肉が旨いから、何言われても痛くもかゆくもないぞ。それで、援助するのか？」

「決めてない。ただ、どうつきあうにしろ、相手に会わないとはじまらないと思っただけだ」

なるべく小声で話しているつもりが、しっかり聞こえていたらしく、巳口がじっとこちらを見ているのが視界の端にうつった。

巳口には伝えておきたいと思ったのに、こんな形で知られるのはどうにも気まずい。

「社長、桜って……」

巳口が何か言いかけたところで、清瀬が割って入ってきた。酒がすすんでいるのだろうか、先ほどまでとはうってかわって好奇心旺盛な雰囲気だ。

「何何、なんの話です？」

「大した話じゃありませんよ。長いこと会っていなかった妹が病気だそうなので、援助をしようかどうか、相談に乗るだけです」

「長いこと会ってなかったのに、病気になったとたん連絡繋がるものなんですか？」

人の事情も知らずに、と怒るものもいるだろうが、戸宇堂は内心清瀬と同意見だった。むしろ今まで、そう思うことであらゆる金の無心を断ってきた。

それを「冷たい」と断じる人々に煩わされてきたのに、人が少しは心を広くしようと思ったとたん、過去の意見の理解者に巡り合えるとはなんとも皮肉な話だ。

せっかくの決意に水をさされたような心地でいると、巳口が割って入ってきた。

「なんだよ清瀬、らしくもないこと言いやがって」

「だって、ユーリみたいなやつの世話焼いてくれるなんて、相当のお人好しだよ？　ましてや、妹だなんだって甘やかしてたら、そのうち猫も杓子《しゃくし》もたかりに来ちゃうよ」

もっともな清瀬の言葉に、戸宇堂はそっけなく返す。

「大丈夫だ、たかられ慣れているから、援助が無駄だと思ったら話を蹴《け》って帰るさ。今日会ったばかりのおっさんの心配をするなんて、君もまあ私に負けず劣らずお人好しだな」

巳口と違い、清瀬には嫌味がよく通じる。

気まずそうに清瀬は顔を逸らしたが、捨て台詞《ぜりふ》を忘れない。

「援助するお金があるなら、ついでに調査会社雇って、本物の妹かどうか調べたほうが早いと思いますけどね……」

「おい清瀬。どうしたんだよ。酔ったのか？」

よほど普段の清瀬とは様子が違うのか、巳口が心配そうな顔をして水を用意してやる。

しかし、清瀬はそのグラスに手もつけずに、もどかしそうに視線を泳がせていた。

「こら、さっちゃん」

「ちょっとユーリ。それ以上さっちゃんって言ったら、君が夜通し僕に聞かせてくれた戸宇堂社長への愚痴を全部垂れ流すからね」

「参ったな、お前がご機嫌斜めだと、俺どうすりゃいいんだよ」

居心地が悪い。

初対面の相手にずけずけとプライベートなことの指摘を受けて気分があまりよくないのは戸宇堂のほうなのに、巳口は清瀬にかかりきりだ。

アメリカで知りあってすぐに意気投合した友達。それはフィーリングが合ったということだろうか？

だとしても巳口と清瀬の自由だ。大人《おとな》ぶってそう自分に言い聞かせたのと同時に、巳口の大きな手が清瀬に向かって伸びた。そして、戸宇堂の目の前で、その手が清瀬の頭をぽんぽんと撫でる。

ただ、ご機嫌斜めの友人を宥《なだ》めようとしただけだろう。

そうとわかっているのに、どうしてか戸宇堂の脳裏にはアンブルで睦《むつ》みあった夜が蘇った。

巳口は優しい。意地悪で澄ましてる、なんて言いながら、戸宇堂が弱っていると骨の髄まで甘やかしてくれる。

そしてきっと、清瀬が弱っているときも……。

「巳口くん、手を洗ってきなさい」

気づけば戸宇堂は声を発していた。

「仲がいいのはけっこうだが、客に見えるカウンターで、人の頭を触った手で料理する気じゃないだろうな」

「あっやべ。うっかりしてた。社長サンキュ」

今まで培った猫の皮を必死に何枚も被《かぶ》り、なるべく嫌味にならない程度にもっともらしいことを言うと、巳口は慌てた様子ですぐに手を洗いだす。

戸宇堂の指摘はまっとうなものだったが、その動機はただ、巳口が清瀬に触れているのが嫌だったというだけのことだ。戸宇堂自身、そのことをわかっているからこそこれ以上二人と一緒にいるのは辛《つら》かった。

こんな感情は自分らしくない。これ以上ここにいれば、今度こそろくでもないことを言ってしまいそうで、戸宇堂は胃に詰めこむようにして食事を終えると、コーヒーを待たずに喜野と帰ることにした。

会計をすませ、清瀬とは軽く別れの挨拶をしてそのまま店の外に出ると、見送りのつもりか巳口も一緒にやってくる。

夜風に、コック服一枚では寒いだろうに。

「戸宇堂、俺タクシー呼んでくるわ」

肉を食べているうちに何か思いついたらしい。しきりに会社の研究室に戻りたがる喜野が、忙しなく大通りへ走っていくのを見送っていると、巳口が気遣わしげに戸宇堂の傍らに立った。

「社長、悪い。清瀬、普段あんなずけずけ人の事情に立ち入ったりしない奴なんだけど、今日はちょっと酔ってたみたいだ。社長にとって大事な話だったのに、水差してごめんな」

「かまわない。俺も同意見だからな。だけど巳口くん、君、少しは友達を選んだらどうだ？」

言ったそばから、戸宇堂は失敗したと思った。

最初こそ申し訳なさそうだった巳口の表情が、一瞬で嫌悪の色をまとう。

「確かに清瀬もどうかと思うけど、なんだよそれ。俺にも、俺の友達にも失礼じゃね？」

「そうか、君の日頃の失礼さと、ちょうどよく相殺できそうだな。それじゃ」

冷たく返すと、戸宇堂は喜野のあとを追うように足を踏み出した。

大通りで、喜野がタクシーに向かって手を振っている。

ふと、戸宇堂は巳口に出会ったばかりのころのことを思いだした。

相原も喜野も巳口に優しいものだから、らしくもなくふてくされた微かな嫉妬心。今清瀬に抱《いだ》いているのと同じ、あの薄暗い苛立ち。

その暗い感情が自分の中に目いっぱい膨らんでいることに急に気づくと、戸宇堂は立ち止まって深呼吸をした。胃の中から肉の香りがのぼってくる。いまさら、今日久しぶりに巳口の料理を食べていたのだと自覚する。

戸宇堂は慌てて踵《きびす》を返すとコーラルに戻った。

幸い、巳口はまだ店の前に立っていて、戻ってくる戸宇堂を驚いた様子で見つめている。

「な、なんだよ、俺謝んねえぞ……いや、違う、えっと、忘れ物かなんか？」

「忘れ物みたいなもんだ。巳口くん、さっきの発言は大人げなかった、すまない」

「へっ？」

「年寄りが、若い子の話題についていけずに拗ねてただけなんだ。忘れてくれないか？」

巳口の顔から、険が取れた。

それを見てほっとする。自覚した嫉妬は消えないけれど、巳口の前で、つまらないことを口走る大人のままでいたくなかったのだ。

「今日は正直、君の料理をちゃんと味わえなかったんだ。だから、また来るよ」

それだけ言って、すぐに大通りに向かおうと踵を返しかけた戸宇堂の肩を、巳口が掴んだ。

「……いい、俺のほうから行く。明日にでも、また飯作って持って行く。いいよな？」

巳口の表情に怒りはない。

それどころか、また料理を作って持ってきてくれるのだというその言葉が嬉しくて、戸宇堂は答えるよりも先にうなずいていた。

「ああ、もちろん。受付でちゃんとアポをとってからだぞ？」

からかうようにそう付け加えると、任せろとばかりに、巳口は笑うのだった。

せっかく巳口が来てくれる予定だったのに、こんな日に限って今日は外出が多い。

だから、もう巳口は帰ってしまっているかもと諦《あきら》めかけていたのだが、エレベーターが開いてすぐの受付に目当ての男の背中を見つけて嬉しくなった。

しかし、近づいてみると様子がおかしい。

創立当時から会社のスケジュールや来客情報を管理してくれているベテランの社員が受付で困惑顔を浮かべている姿は少し珍しい光景だ。

同時に、もう一人来客がいることに気づき、戸宇堂は声をあげた。

「多嶋さんじゃありませんか」

弾かれたように、受付にいた三人がこちらを見る。

巳口の珍しいしかめ面にまず驚くが、かといって多嶋を放っておくわけにもいかない。

「また来てくださったんですか。先日は、ろくに話も聞けずに失礼しました」

「戸宇堂さん、よかった。社長の家族だと言っても、この人わかってくれなくて」

多嶋が指さしたのは、多嶋は通していい、と言いつけてある受付担当者ではなく、タッパを二の腕に抱いた巳口だ。

不思議に思うが、いつまでも受付で揉《も》めていては、別の来客を前にしたとき印象が悪い。

悩む暇もなく、戸宇堂は多嶋を外へ連れ出すことにした。

ちょうど、隣のビルに喫茶店が入っている。

「社長、さっそく妹さんの話するわけ?」

「ここで騒いでてもしょうがないだろ。ちょうど、少し時間は取れるし……」

「じゃあ、俺も行く」

言うなり、巳口はタッパを受付カウンターに置いた。あたりまえのように「社長室に運んでおきますね」という受付担当者に見送られ、戸宇堂の後を追ってきた。

そんな巳口の存在に多嶋は戸惑いもあらわに不満を連ねる。

「あ、あの、そちらの方は部外者では……」

「大丈夫大丈夫。俺と社長は、入院してる家族に関しては一心同体なの。な、社長！」

「……ふむ」

多嶋の言うことはもっともだが、血の繋がっていない相原の世話をさせてもらっている手前、巳口の主張も無下《むげ》にはしにくい。

どの道、多嶋の辛気臭い顔を一対一で見続けるのも楽しくはない、と思い、あまりいい顔をしない多嶋を適当に宥めすかしながら戸宇堂は二人を連れて喫茶店に入った。

コーヒーがやってきてから、まず戸宇堂から口を開く。

「多嶋さん、桜の様子はどうですか？」

「心配してくれてるんですか、ありがとうございます。家内は、来週手術を控えているので、少しナイーブになってます」

「手術……？」

「何度かに分けてしないといけないらしくて……」

語りはじめた妹の病状は思いのほか深刻で、多嶋自身の憔悴《しょうすい》ぶりから見ても、今までの祖父母のような嘘一色にも思えない。それでも、突っ込んでやりたいことは多々あったが、そのすべてを飲み込んで、戸宇堂は「大変でしたね」と答えた。

鎮痛な声音に、わかってくれたのかとばかりに多嶋の表情が少し明るくなる。

だが、その表情に亀裂を入れたのは、巳口だった。

「ねえ多嶋さん、妹さんの写真見せてよ」

「は、はい？」

「戸宇堂社長の妹さんなら、美人なんだろうな〜。ね、社長。ずっと会ってなかった妹だもん、大きくなった姿見たいよね」

今さら写真を見せられても、成人した妹の姿を確認のしようはないのだが、巳口は何かと多嶋が信用できないようだ。

そんな巳口に、多嶋が警戒心もあらわに体をこわばらせる。

「すみません、家族写真は家にあります。私、携帯電話で写真撮るほうじゃないんで」

「わかりますよ多嶋さん、私もです。それに、写真なんか見ても大したことはわかりませんしね」

「ですよね！」

戸宇堂のフォローに多嶋が必死で縋りついてくる。一方で、隣で巳口がふてくされたことに気づいたが、戸宇堂はどちらのことも意に返さず笑顔で続けた。

「むしろ、実際に会いたいですね。なんせ、本当に長いこと会ってませんから。病気だなんて聞いて、じっとしてられません」

今度は多嶋の表情が曇《くも》り、巳口がにやける番だった。

「桜も、戸宇堂社長にはずっと会いたがってました。でも、とてもそんな勇気はないとも言っていたので、実は私……あいつには内緒で、こうしてお願いに来ているんです」

罪悪感を抱《いだ》いているような様子の多嶋を、戸宇堂はじっと観察する。

もし本当に妹が病で、また、多嶋が彼女に内緒で、会ったこともない男に必死で頭を下げに来ているのならば、少しは見直せるかもしれない。

「だったら、私からあなたに連絡をしたということにすればいいんですよ」

気まずそうに、多嶋が黙りこむ。

騙されている、と感じたり、ささいなことで、また信用してみようと思いなおしたり、その繰り返しは思った以上にしんどい。

多嶋の返事を待つのも、だんだん辛くなってきた。

一緒になって黙っていた巳口の手が、ふいにテーブルを叩いた。三人そろって、まるで減っていないコーヒーがカップの中で揺れる。

「あのさあ多嶋さん、写真も見せない、妹にも会わせない、あれも嫌だしこれも嫌、でも金だけ頂戴って、都合よすぎねえ？」

「な、なんなんですかさっきから。戸宇堂さん、この人には帰ってもらってください」

「あんたが、妹さんに戸宇堂社長を会わせてやるって約束したら帰ってやるよ」

「巳口くん、その辺にしといてくれ。君の同席を許したのは私なんだから、勝手に帰られても困る」

たしなめてから、戸宇堂は溜息を吐いて多嶋に向き直った。

「多嶋さん、巳口くんの態度については、私を心配してくれてのことですから、私のほうから謝罪します。けれども彼の言うことはもっともですよ。私はあなたが本当に妹の夫かどうか調べる術《すべ》さえないのに、大金だけぽんとお出しするわけにはいきません」

「そう、言われましても……。戸宇堂さんのお宅から縁を切られて転々としてきたそうですから、戸籍の確認一つとっても大変です。手術前の彼女にそんな話をして負担をかけるのが、私は恐ろしいんです」

「だから、まずは、一度会わせてくださいとお願いしているんです」

取引相手用の笑顔をさっとはがし、無表情でそう言うと、多嶋は情に訴える方法に限界を感じたのだろう、参ったな、とつぶやきながら汗の浮いた額を撫でた。

「なら、今度の月曜日に……」

ようやく妥協案を示してくれた多嶋の言葉に、しかし傍らの巳口の表情が曇った。それもそのはずで、その日は巳口と二人で、相原の見舞いに行こうと約束していた日だ。迷わず、戸宇堂は首を横に振った。

「月曜日は先約があるので難しいですね。その前の、土日ではいけませんか？」

「いつ容体が急変するかわかりませんし、主治医がいない土日はあまり刺激を与えたくないんです。火曜日が手術なので、月曜日がベストなんですけど」

わからないでもない。

命にかかわる状態の人間にとって、日曜日や祝日はたいてい担当の医師が休みのため、病院にいてもどこか恐ろしいものだ。さらに、術後は術後で、その経過がいいとは限らない。

ちらりと、戸宇堂は巳口を見る。

申し訳ないと思うものの、すでに金曜日の今日、他の選択肢が見つからない。

しばらく戸宇堂から視線を逸らしていた巳口だが、いい案は浮かばなかったのか、しぶしぶといった様子でこちらを見ると、小さくうなずいてくれた。

ちくりと、戸宇堂の胸が痛むが、背に腹は代えられない。

「わかりました、月曜日でいいでしょう。連絡先のほう、交換させていただいてもよろしいでしょうか」

気まずさを抱いたまま多嶋と打ち合わせをすると、戸宇堂はテーブルにあった伝票をつかんだ。

会計を待ちながら、戸宇堂は巳口の横顔にささやく。

「すまない巳口くん。この埋め合わせは必ずするから」

「いいよ。俺も、妹に会わせろよって強く言ったんだし」

物わかりのいいことを言いながらも、巳口は残念そうだ。

相原の見舞いならいつも一人で行っているだろうに、あまりに寂しそうにされるととても悪いことをした気になる。

「そうだ、相原さんの病室の鍵つきの引き出しあるだろう、あの中に相原さんの宝物が入っている。君にしか預けられない大事なものだ」

「え、何？　親父の大事なものって、店の権利書くらいしか……」

「馬鹿。一人で見舞いに行って、そんなもの眺めてなんの時間潰しになるんだ。それよりもっと有意義なものだ。いつも肌身離さず持っていたから、きっと相原さんにとってはかけがえのない財産なんだろうな」

写真に興味のない戸宇堂にはピンとこないが、巳口が送る写真つきメールを大事に保存しているような相原のことだ、きっとあの中には家族写真くらい入っているに違いない。

親子水入らずで、写真を眺めながら過ごす和やかな休日になるといいのだが。

一体どんな宝物が出てくるのかまるで想像がつかないのだろう。きょとん、としてしまった巳口に笑いかけると、戸宇堂は会計を終えて喫茶店を出た。

ビルの出口へ向かう途中、多嶋が申し訳なさそうに口を挟む。

「さっきから見舞いって、戸宇堂さん、他にも病人を抱えてらっしゃるんですか」

「あー、まあ。レストランの経営もしてるので、そっちの共同経営者ですよ。まだお若いんですが……。過労は万病のもとですね。多嶋さんも、あまり無理なさらないでくださいね」

「ありがとうございます。それにしてもすごいですね……その歳《とし》で、会社にレストランですか。私には到底真似《まね》できない人生ですよ」

「だよなー。俺も無理。親父にしても社長にしても、自分の店とか会社持つって、よく考えたらすごいことなんだよなあ」

多嶋の感嘆に同調するように、巳口が先ほどまで噛みついていたのも忘れた様子で気安く声をかける。どう答えていいものか、と言いたげに苦笑いを浮かべる多嶋は、アンブルに少し興味を持ったようだったが、もう閉店するのだと言うと残念そうにしていた。

そしてビルを出ると、アンブルの代わりにうちへ、と言ってコーラルの宣伝をしようとする巳口から逃げるように先に帰ることとなった。

その多嶋の背中を見送ってから、戸宇堂は巳口に向き直る。

「つきあってくれてありがとう、巳口くん。さ、社長室にあがってくれ。今日の礼に、俺が手ずから茶でも入れてやろう」

慣れ親しんだ、自社の入ったビルに向かって巳口の腕を引いたが、彼は石のように動かなかった。不思議に思って振り返ると、まだ不安そうな瞳が戸宇堂を見つめている。

「社長、今の人信用するのか？」

「……さっきから君らしくないな。人の会社の受付で妙な態度とったり、多嶋さんにもずいぶんつっかかって」

「嫌なんだよ、あんたの真心が踏みにじられるかもしれないのは」

目を瞠《みは》った戸宇堂に、巳口は眉根を寄せて言い募る。

「俺が、料理持って受付に行ったら、もう多嶋って人がいてちょっと揉めてたんだ。受付の人に、社長の名前出して偉そうな態度とるから、腹がたって口挟んじゃってさ。そのくせ社長の前じゃ借りてきた猫みたい。あいつ、信じていいのかよ？」

戸宇堂は思わず苦笑した。

強引に一緒についてきたのは、心配してくれていたからなのか。相変わらず優しい男だ。

「信じてないよ」

「でもっ」

「信じてない。だから、心配してくれなくても大丈夫だ。巳口くん、俺は妹が病気かもしれないと知って心配になったんだ」

巳口を宥めるように、その肩を優しく叩いてやる。

「君と相原さんの関係を見て、ずっと温かい親子だなと思っていた。少し、憧れたんだ。俺にも君みたいな……優しい自分を見つけられるかもしれないと」

「な、何言ってんだよ、俺なんかほら、馬鹿息子だし、考えなしだし、えーとあとなんだっけ？　ちんこが社長よりでかいくらいで、憧れてどうすんだよこんなの」

真昼のオフィス街は、細い道でも人通りはそこそこある。

呆れて巳口の唇に指を押し付け黙らせると、戸宇堂は溜息を吐いた。

「まったくだな。往来で下半身の話をするような男の何に憧れているんだか。でも、君たちの親子関係を見ていると、誰かを大事にしたくなる。大事にできる自分を育ててみようと思ったんだ」

それが新しい挑戦となるか、ただ徒労に終わるかはわからない。

けれども戸宇堂の人生は、いつも何かに憧れ、それに向かって一歩足を踏み出すばかりの人生だ。

「騙されたら君の料理を食わせてくれ。そうしたらすぐに元気になるから」

こんなことを言っては、また巳口が「さすが俺」なんて言って調子に乗るだろう。

けれども、戸宇堂のありのままの本音だった。なんとでも調子に乗るといい、とばかりに巳口を見上げると、予想に反して彼の表情は驚愕に固まっていた。

大きな瞳が揺れながら、じっと戸宇堂を見つめている。

「社長、今の、もっかい言って?」

巳口らしくない小さな声は、まるでおねだりをする子供のようだ。

風が冷たい。けれども、じっと見つめてくる巳口の視線はとても熱くて、その熱に誘われるように戸宇堂はゆっくりと繰り返した。

「巳口くんの料理を食べさせてもらえたら、すぐに元気になる」

言葉とともに、巳口の唇がわずかに震える。

何を感じているのか戸宇堂にはわからない。けれども目が離せなくて見守っていると、巳口の手がそっとこちらに伸びてきた。

相原のひげを剃り、美味しい料理を作り、そして二度、戸宇堂を優しく抱いた手。その指先が、遠慮がちに戸宇堂のこめかみにかかる前髪を撫で、そしてメガネのツルをかすめる。

「し、社長、あの、俺……」

絞り出すような声音《こわね》に緊張の色が見えて、それが彼らしくなくて戸宇堂はわずかに顔を近づけた。とたんに、巳口は驚いたように戸宇堂から手を離した。

「巳口くん?」

「戸宇堂社長、俺、社長のことが、好きなんだけど。その大事にする相手の中に、俺も混ざれないか?」

通行人が、こちらを見ることもなく幾人も通り過ぎていく。

ビル風は肌を刺すほどに冷たいのに、巳口の言葉は熱い。

真意を探るように戸宇堂が目を細めると、巳口の頬が、かっと赤くなった。

「あっ、これ、いつもの馬鹿話とか思うなよ。マジで俺とつきあってほしいんだ……」

この寒空の下、熱でもあるかのように赤くなった巳口のこの態度を見ていれば、冗談でもなんでもないことはすぐにわかった。

二度も寝た男の愛の告白は、深い慕情に震えている。

だが、戸宇堂の中には嫌悪も動揺もなかった。男同士であるとか、相原の息子相手に、という罪悪感だとか、そういったものが一切ない。

それどころか、巳口の情熱的な言葉の温度に反して、戸宇堂の思考回路は急速に冷えて固まっていく。

告白への答えを求めるように、再び巳口の唇が開いたのを見て、戸宇堂はとっさに笑みを浮かべると先手を打った。

「おっさんと寝るのはダサいとか言ってたのに、告白はダサくないのか?」

いつもの巳口に負けず劣らずのいたずらっぽい微笑みに、巳口はうろたえたように口をぱくぱくと開閉させる。

別に巳口を困らせてやろうとしたわけでも、告白をからかってやろうと思ったわけでもない。

まるで最初から戸宇堂の中に告白に対するマニュアルでもあったかのように、ぶつけられた好意をはぐらかす言葉ばかりが自動的に脳裏を巡るのだ。

「だから、あれは俺が悪かったたって。なあ、社長だって俺に、けっこう心許してくれてるだろ？　社長の大事な相手に、俺のことも混ぜてくれよ。俺も、めちゃくちゃ社長のこと大事にする」

「……」

「俺なら、金なんかせびらないし、社長に旨い料理作れるし、それから……とにかく、俺、社長の……特別になりたいんだ」

貼りついた戸宇堂の微笑が、かすかにひくついた。

戸宇堂の意地の悪い混ぜっ返しにも負けず、縋るように言い募る巳口の赤面が可愛い。鼓膜を揺らす告白が、怖いほど心地いい。

けれども、そう感じれば感じるほど、戸宇堂の心は凍りついていく。

こんなにも巳口の告白を暖かく感じている自分がいるのに、凍てついた心の内側に膨れあがるのは疑念ばかりだ。

好き？　つきあってほしい？　そのうちアメリカに帰ってしまうかもしれないのに？

巳口にはアメリカでの生活があって、仕事があって、清瀬のような社交的な知り合いもきっとたくさんいる。その広く明るい人間関係に、本当に自分など必要なのか？

いや、そもそも今この場で巳口の告白を断れば嫌われてしまうかもしれない……アメリカに帰るより先に彼と会えなくなってしまうのではないか？

疑念が、あのアンブルで見た鹿肉のように悪臭を放ちはじめる。

自分の中に丁寧に封じ込めてしまわねば、この醜い不安がきっと巳口にばれてしまう。

そんな焦燥感にかられ、戸宇堂はわざとらしいほど嫌味な態度をとりつくろい、子供をあやすように巳口をからかった。

「参ったな、君は高級レストランの雰囲気の魅力がわからないだけじゃなくて、こんなときの情緒までないのか。通行人にちらちら見られながら、返事を考える身にもなってみろよ」

「な、なんでこんなときに意地悪社長っぷり全開なんだよ」

「おや、君は意地悪で冷たい俺が好きなんじゃなかったかな？」

饒舌《じょうぜつ》に巳口をあしらうふりをして、巳口の告白に応じることも断ることも考えつかず、ただ疑念と不安に支配され立ちすくんでいた戸宇堂に、巳口がムキになったように声を荒げた。

「そ、そういう曖昧な態度とってると、俺勘違いするからな！　小さじ一杯くらいのチャンスはあるって思っちまうぞ！」

「曖昧かな？　けっこう、ダイレクトだと思うんだが、君はポジティブだな」

「ふふーん、俺のポジティブさを鼻で笑ってられるのも今のうちだぜ。社長、まともに相手する気がないなら、せめて勝負してくれよ」

「勝負？」

首をかしげると、巳口は大真面目《おおまじめ》な顔で宣言した。

「こうなったら、アンブルは関係なしだ。来月中に、社長に『この料理なら、店を出させてやりたい』って思わせる料理を一つでも完成させてやる。そしたら、俺とお試しデートしてくれよ」

「……」

戸宇堂は余裕ぶって肩を竦《すく》めてみせた。

だが、内心は巳口の提案にもろ手を挙げて賛成していた。

この勝負に乗れば、少なくとも来月一杯までは確実に日本にいてくれるし、会ってくれる。なんの決断もしなくてすむ宙に浮いたその提案は、戸宇堂にとって絶好の逃避先だった。

臆病《おくびょう》な打算に揺れながら黙ったままの戸宇堂に、巳口は痺れを切らしたように騒ぎ始めた。

「あ、俺には無理って思ってるだろ！　言っとくけど、俺が本気になったら社長なんてイチコロ……」

「はいはいはい」

苦笑を浮かべて戸宇堂は巳口の口をそっと手の平で塞《ふさ》いだ。

もう何度も触れあったのに、巳口は戸宇堂の指が口元をかすめたとたん、赤い顔をさらに赤くして瞳を震わせた。

そんな巳口とは対照的に、戸宇堂はどこまでも素直になれないまま、大人ぶって余裕げな言葉を紡ぐ。

「さっき、君との予定を反故にした埋め合わせをすると言ったところだし、仕方がないからつきあってやろう。その代わり、とびきり旨いものを楽しみにしてるぞ」

「やったっ！」

こんな卑怯で臆病な男を相手に、何をそんなに喜ぶんだと、戸宇堂の胸が罪悪感にちくりと痛む。

胸にわだかまる巳口の言葉の数々が重たくてたまらないのに、戸宇堂は彼の笑顔から目を離すことができなかった。


明日になれば、もう一歩先に。

今辛くても、前に進む道は自分で切り開いていけるのだから、何者にでもなれる。

この歳になるまで、ずっとそうやって生きてきた。前へ進み、後ろを振り返らない。

それなのに今、戸宇堂は初めて「とどまりたい」と願っていた。

このまま時間が流れれば、いつか巳口は自分の前からいなくなるだろう。

彼のことだ、いつまでも仲よくしてくれるのだろうが、それは遠い地からであったり、他の誰かの隣から笑いかけてくるだけの話。

そんなのは嫌だ。今の、傷を舐めあい貪りあい、友情のような、それより深いような、この関係のままでいたい。ずっと。溺《おぼ》れるように。

巳口から告白されたその夜、戸宇堂は一人きりの社長室で彼が残していった料理を酒の肴《さかな》に、ただひたすらそんなことばかり考えていた。

あれから巳口は、一世一代の大告白をしたなんて思わせないほどいつもどおりの明るさで、社長室で本日の料理自慢をしてくれた。負けじと戸宇堂もいつもの態度を装っていたが、巳口の「好きだ」という言葉を思い返すたびに動揺が体じゅうをかけめぐる。

皮肉なことに、こんな日に限って巳口の料理の素材は鴨肉。

こんな動揺に揉まれたまま、巳口との官能の記憶を呼び起こすようなものを味わうのが怖くて、結局戸宇堂は忙しいことを理由に、その料理を試食しなかった。

忙しいなら長居も悪いと、巳口もすぐに帰ることになったが、その代わり料理の入ったタッパを置いていってくれた。

少し、味見くらいしようかという心の余裕ができたのは、午後の業務を終え、社員もあらかた帰り、社屋から人の気配がほとんど消えてから。

いつもは喜野に占拠されている応接セットのソファーにだらしなく座り、大事にしまっていたもらい物のワインを開けて湯呑みに注ぐ。

自分が一番情緒がない。

そう一人で笑いながら、戸宇堂は巳口が置いていってくれたタッパの中身を、一切れつまんで口に放り込んだ。

今日のメニューは鴨の燻製《くんせい》。今まで食べた鴨料理と少し違って、ほどよい弾力と食べごたえが魅力的だ。木の皮でいぶしたという鴨肉は、独特のこってりとした甘い香りに渋い香りがミックスされ、あとを引く。

ホイル皿に詰められたオレンジマーマレードかマスタードを好きにつけながら、ときおりチーズをかじる。最高の夜食だ。

それなのに、味わえば味わうほど戸宇堂はリラックスするどころか、らしくもなく過去のことばかり思い返してしまう。

何度女の子に告白され、何人とつきあってきただろう。男に誘われた記憶や、仕事の関係者から見合いをすすめられた記憶まで掘りだしては、戸宇堂はワインを舐めながらどんな別れ方をしたのか思い出す。

本当に自分は、あの度重なる別れを辛いと思っていなかったのだろうか。

今脳裏に浮かぶ懐かしい記憶に、いつか巳口とも別れの日が来るだろう光景をあてはめていくと、ただの想像でもこんなにも辛いのに。

どうして、巳口との別れだけはこんなに辛いのか。

煩悶しながら、戸宇堂はワインを飲み下した。胃から、鴨肉のいぶした香りがのぼってきて、奥歯が震えるような快感を覚え唇を舐める。

鴨肉の香りのせいだろうか。自分で舐めたそばから、唇に巳口の唇の感触が蘇った。

「……参った、もう余所《よそ》で鴨料理が食えないじゃないか」

孤独な社長室に、欲望に濡れた声が小さく漂う。

一人ぼっちなのに、鴨肉の香りを胸いっぱいに吸うと、巳口がすぐ傍にいるような気がした。

ワインを舐めて目を瞑ると、ゆっくりと片手を体に這わせる。膝から、股間へ、スラックスを這う指は、記憶にある巳口の指と違って細くて頼りない。

チャックを下ろす音がやけに大きく部屋に響き、どこからか巳口に見られているような気がした。

鴨肉の香りに浸り、巳口のことばかり考えていると、馬鹿の一つ覚えのように体が官能を求めはじめる。

たった二度の濃密な夜は、すっかり戸宇堂を欲深くしてしまった気がした。

じんわりと腰の奥がうずく。それに応《こた》えるように、戸宇堂はスラックスも下着もずらし、そっと自分の性器を手にする。

自分の歯列を自分の舌でなぞった。口腔に満ちた鴨の香りがいっそう濃くなるように。巳口という男のことを思い返すほどに、戸宇堂の指づかいは性急になり、性器だけでは飽き足らず、奥へ奥へと体が刺激を欲した。

戸宇堂は、ワインを飲み干すと、湯呑みをテーブルに放り出した。そして、指先を臀部《でんぶ》に伸ばす。

柔らかな皮膚を押しつぶすように指を滑らせ、ついに後ろの窄《すぼ》まりに辿りつく。

「くそっ……」

緊張と興奮に息があがればあがるほど、鼻腔を満たす鴨の香りが強くなる。

その香りは、もはや巳口とのセックスの香りも同然だ。

肌が、巳口に触れられた感触を思い出すように震える。

一度目のセックスは巳口が弱っていた、二度目は、認めたくないが戸宇堂自身が弱っていた。

縋られるように、縋るように抱き合い、ただそれだけの記憶のはずだったのに、淫欲《いんよく》にうずく戸宇堂の脳裏にうずまくのは、今日巳口から語られた愛の言葉だった。

——俺、社長のことが好きなんだけど。

だからなんだっていうんだ。本人には言い返せないのに、想像の中でだけは言い返しながら、戸宇堂はテーブルに放ったらかしだった試作品用の乳液で指を濡《ぬ》らし、それを自分の中に沈めた。

巳口を求める淫穴が、細い指先に不満げに戦慄《わなな》く。

――俺も、めちゃくちゃ社長のこと大事にする。

じっとりと粘膜を撫でると、腹がひくついた。

切なげに下腹部が震え、巳口をもとめて狭い孔《あな》が蠢く。

「んっ……」

指を増やして内壁をかき乱すと、嫌らしい音が社長室に響いた。

たまらず吐息をこぼすが、自分の息まで鴨の香りに染まっている。

吐息の香りも、肌の記憶も、脳裏を巡る言葉も巳口一色で、戸宇堂は耐えきれずに唇を噛んだ。

泣いてしまいそうだ。悲しいというより、悔しい。

大事にしてやるなんて言われたのは生まれて初めてだ。俺なら金をせびらないなんて、五十万円の封筒を押しつけあったときからよくわかっている。

巳口の言葉の何もかもが嬉《うれ》しいのに、それを受け入れる勇気を戸宇堂は持ち合わせておらず、その不甲斐《ふがい》なさが悔しいのだ。

こんな気持ちは初めてで、自分でもどうすればいいのかわからない。

興奮すればするほど鼻腔を犯す鴨肉の香りが濃くなり、戸宇堂は姿勢を崩すとソファーに額を押しつけた。荒い呼気がこぼれ、自分の息なのか巳口の息なのかわからなくなる。

彼の息遣いは激しかった。獣のような熱い吐息は、肌に触れるだけでぞくぞくした。

あのときも、少しは自分のことを好きだと思って興奮してくれていたのだろうか。

巳口に何度も暴かれた戸宇堂の腹の奥で一点、じりじりと快感の爆弾を抱えている場所があった。

ときおり指がかすめるたびに、コントロールできない感覚を恐れて戸宇堂は身を竦めてしまう。だが、同時にこの場所を巳口の欲望の塊にこすられ、嬲られ、抉《えぐ》られたのだと自覚し、深い場所が戦慄いた。

「ぁ、ぁっ……は、っ……」

思い切って少しつつけば、嫌でも声が漏れた。

社長。と呼ぶ、巳口の声もあればいいのに。そんな甘えた期待に胸を震わせながら、思いきってぐりぐりと指でそこを押しこんでみる。

「ふっ……、ぅっ」

一度触れてしまえば、もう指が止まらない。まるで巳口が乗り移ったかのように激しく蠢く指先に煽られ、戸宇堂の性器も膨らみ、先走りの液体がソファーを汚しそうになる。

慌てて、もう片手で前を摑《つか》むと、ひくつく内壁がいっそううねり、快感の一点が自ら指に食いこんだ。

背中がたわむ。いつもなら、巳口が支えてくれたのに、今はあの逞しい両の手はない。

「ふっ……っ、巳口、くん……っ」

何？　と答える幻聴が鼓膜を揺らす。

ぞくり、と快感が全身をかけぬけ、戸宇堂は何度も何度も、巳口が可愛がってくれた場所を指先で撫でた。こみあげてくる開放感に追い立てられるように、巳口に抱かれた夜が幾重にもかさなって脳裏を埋め尽くす。

震える内壁が指を締めつけると同時に、戸宇堂の耳朶に記憶の中の巳口の声が蘇った。

——社長、自分のこと冷たいって言ったけど、そんなことないだろ。

思いだすと同時に、たまらず戸宇堂は性器を握る自分の手に、精を吐き出した。

荒い呼気を繰り返しながら、巳口の言葉を何度も何度も反芻《はんすう》する。

そうだ、自分は冷たくない。ただ臆病なだけなのだ。

いつか巳口はアメリカに帰ってしまう。そうでなくとも、今までつきあった女性のように、三か月もすれば戸宇堂に嫌気がさして去っていってしまうかもしれない。清瀬よりももっとずっと仲のいい昔の相手が現れて、そちらを選んでしまうことだってありうる。

それが、つきあう前からこんなに怖くて仕方がない。

そんな自分が、どうやって巳口の告白を受け入れることができるというのだろう。

今のままでいい。今のままなら、巳口がいつか去っていっても諦めがつく。

けれども、今よりももっと深い関係になれば、この恐怖は日々戸宇堂の心を食いちぎっていくだろう。

「ああ、そうか……俺はこんなに、あいつが好きなのか……」

呟いた声は震えていた。

馬鹿で、うるさくて、自信過剰。目も合わせたくない要素がそろい踏みの男に、こんなにも惹かれている。けれどもその自覚は、鴨肉のような甘美な味わいも、ワインのような優しい酩酊《めいてい》感も持ってはいなかった。

今まで一人で歩いてきた。今さら共に歩く相手ができてしまっては、もし巳口を失ったとき、もう二度と一人で歩き出せなくなるのではないか。

覚えたての愛情はただ恐ろしい未知の存在となって戸宇堂にのしかかるばかりだった。

相原の入院している階につくなり、戸宇堂は廊下の曲がり角の陰からそっとあたりを見回した。

給湯室、談話室、どちらにも巳口の影はない。

そそくさとナースステーション前を通り過ぎ、相原の病室前で、いきなり入室したりはせずにそっと耳をそばだてた。

今日は月曜日。多嶋の妹を見舞う予定だったが、土日を接待で過ごし、今朝から会議だ銀行巡りだと動いていたせいで、戸宇堂は今日の昼になって初めて自分のミスに気づいた。巳口に、相原の病室の鍵つきの引き出しを開けてみろ、なんて言ったくせに、肝心の鍵を渡していなかったことに。

多嶋との約束の時間が迫っているため、慌てて相原の入院先までやってきたのだが、いざ巳口がいるかもしれないと思うと二の足を踏んでしまう。

ただでさえ、自分の中に芽生えた巳口への愛情に戸宇堂自身が驚いているのに、別れへの恐怖も共に抱いているせいで幸福感とは程遠い感情に翻弄されてばかりだ。

相手に伝える勇気のない好意など、重荷にしかならない。

巳口に会いたいのに、一方で、自分では操りきれない慕情に揺れるのが辛くて、巳口に会うのが怖いのだ。

我ながら、情けないとは思うのだが、おかげで相原の病室を訪れるのは戦々恐々だ。

幸い、部屋から巳口の話し声は聞こえてこない。

今のうちに、鍵を枕の下において、メモでも残してさっさと多嶋と合流しよう。

と、そっと扉をスライドして室内に入る。

そのとたん、中から物音が聞こえてきて、戸宇堂は舌打ちしたくなった。

静かなだけで、やはりもう来ていたか。

入り口に立っただけでは室内の全貌は見えず、ベッドの足下と、床に置いたおむつや紙袋があるだけだ。その紙袋が散乱して、中から洗いたてのタオルなどが散らばっているのを見て、戸宇堂は眉《まゆ》をひそめた。

あの男は、病室が個室なのをいいことに何を散らかしているのだろうか。

落ち着きのない奴だ、と呆れるうちに、戸宇堂の緊張は少し和らいできた。

今の戸宇堂にとって、巳口と向きあうことは勇気のいることだ。

だからこそ、こうしてこそこそと巳口の留守を狙って相原のもとにやってきたのだが、もし巳口がいつもの調子で馬鹿さ加減を披露してくれれば、自分も慕情だなんだと意識せずに、いつもの態度を取り繕えるかもしれない。

ようは、巳口専用の猫の皮を作ればいいのだ。得意じゃないか。

そう自分に言い聞かせ、戸宇堂は室内に向かった。

「巳口くん、何散らかして……」

見慣れた病室で、相原の枕元にいた男がこちらを振り返る。巳口ではない。

「多嶋さん、どうしてここに」

「いや、あのっ、あんた、今日はこっちにこないって……」

病室にいたのは多嶋だった。戸宇堂はつい険しい眼差しを向けてしまう。

そして、うろたえている多嶋の手が、鍵つきの引き出しにかけられていることに気づく。

とっさの判断で、戸宇堂は踵を返した。

人を呼ぼうとしたのだが、多嶋もそれを恐れていたのか、すぐに待ったの声がかかる。

「い、行くな！　人を呼んだらこのじいさんどうなるかわかってんのか！」

上擦った声に迫力はかけらもない。

しかし、それに続いた、液体をぶちまけるような音に戸宇堂は振り返った。

多嶋の手にはライターが握られ、もう一方の手が備えつけの消毒用アルコールをあたりにぶちまけているではないか。

部屋に、消毒用アルコールの香りが濃く漂い、相原の喉がうめくように鳴った。

顔にかかったアルコールが、鼻に入ったようだ。

けれども、自分で吐き出すこともできない相原は苦しげな声をあげるだけだった。

見ていられず、戸宇堂は相原にかけよった。

「おい、やめろ！　なんのつもりだ！」

「うるさい！　ひ、火ぃつけられたくなかったら、おとなしくしてろよっ」

「興奮するな、落ち着いてくれ……ここは病院だぞ、俺が呼ばなくてもそのうち誰か来るに決まってる！」

見るからに、多嶋はパニックに陥っていた。

何をしようとしていたか知らないが、来るはずのない戸宇堂に自分の行為を見られたせいだろう。震える男の手が、今にも使い捨てライターの着火ボタンを押しそうで、戸宇堂の心臓が痛いほど鳴る。

こんな状況下でも動くことができず、ただ成り行きにまかせるほかない相原の屈辱《くつじょく》と恐怖を考えただけで、その理不尽さが戸宇堂さえも怯《おび》えさせた。

「話を聞こう、ライターをこっちへ……」

怒りを押さえこみ、静かにそう提案して手をさしのべる。

緊張に震えていた多嶋の表情が固まった。だがそれもつかの間のことで、ライターを持っていない多嶋の手が引き出しのあたりをまさぐると、鍵を開けようとしていたらしい工具の一つを引っ掴み、いきなりふりあげてきた。

胃がぎゅっと掴まれたように竦み、戸宇堂は慌てて両手で多嶋の手を追う。

家庭用のマイナスドライバー。手を引っ込めれば避けることは可能だが、それでは下に寝そべる相原の腹部に刺さってしまう。

腕を掴まれまいと、多嶋がドライバーを振り回し、先端が戸宇堂の目元をかすめた。

悪寒が背筋を走り、冷や汗が浮かぶ。

勢いよくメガネが弾きとばされ、壁に当たって落ちた。

「何が話を聞こう、だよクソッ！　お前、さては騙したんだろ。ここに、高級料理店の店長の通帳があるって教えておいたら、俺がのこのこやってくるってわかってて、俺の前であんな話しやがったんだな！」

「何を馬鹿なっ。だいたい、通帳ってなんのことだ」

「通帳か何か知らないが、とにかく金目のもんだよ！　言ったじゃないか、あのうるさいガキに、ここに大事なもんあるからって」

金目の物とは言っていない。

呆れて弁解する気もなくなるが、多嶋の逆上は激しくなる一方だ。

「どうせ俺のこと、たかりだと疑ってからかってたんだろ、わかってるんだからな！」

「っ……！」

突然、腰に重たい衝撃があった。

多嶋が相原のベッドを蹴ったせいで、車輪のストッパーがかかっていなかったらしいベッドがぶつかってきたのだ。よろめいてベッドの柵《さく》に手をかけると、さらにベッドごと壁際へ押しやられる。

ついには壁とベッドに挟まれ、あばらが痛いほどにきしんだ。

たまらず上体が前のめりになった戸宇堂の顎に、ふいに堅く冷たいものが触れる。

マイナスドライバーの先端が喉仏の上に食いこみ、うながされるままに上向くはめになった。

血走った多嶋の目が、未だライターを相原にかかげながらうなる。

「お前ばっかりいいよな。長男の息子だからって大事にされやがって。高校も大学もいいとこ出て、今じゃ会社興して成功者かよ」

「……何？」

お前ばっかりずるい。と、何がずるいかは知らないが、奨学金を得て学校に行ったり、アルバイトの掛け持ちで貯金が増えるたび、親族にはよく言われてきた。

けれども、多嶋の声音は、いつも聞いていた軽薄な響きではないものを感じて、戸宇堂は眉をしかめる。

「金出せよ、戸宇堂社長。こんな赤の他人のじじいの治療費出せるなら、自分のじじいばばあの介護費も出せよ！　長男の後妻が逃げたとたん、今まで放ったらかしだったのに俺に頼ってきて、嫁までこきつかいやがって！」

「……嫁って、桜が？」

「うるさい！」

鋭利なドライバーの先が食いこみ、喉がひきつる。浅い息を漏らしながら戸宇堂は尋ねた。

「結局、金が欲しいんだな、あんたは」

「そうだ。税金が払えない、高熱費が払えない、借金返さないと、そんなこと言いながら俺から巻き上げた金を、利子つけて返してもらいたいだけだ。お前等戸宇堂家の中で金持ってるのは、あんただけだろ、社長様よ」

「金を手に入れたら、その金で何をするんだ」

「……は？」

「決めてから借りに来いよ。何を被害者面してるのか俺にはわからんが、こうやってブチ切れても、あんたにできることは動けない患者のベッド蹴って暴行することだけか。どうりで、嫁一人守ってやれないわけだ」

矛先をこちらに向けろ。

心の中で多嶋にそう叫びながら、戸宇堂は必死で頭を働かせた。

深い多嶋の憎悪と、身勝手な言い分に、身に覚えのある疲弊感が見え隠れしている。あれは大学生の頃だったか、家族なんていらない、と思いながらも、祖父母の金の無心の電話にも、父の連絡にもついつい応じてしまっていた頃。

泣きぬれた声や、もう死ぬほかない、という言葉に、何度懲りてもその都度惑わされ、バイト代だなんだと彼らの口座に振り込み、礼の言葉もなかったときに生まれた懐かしい憎悪。

多嶋の行為への怒りと同時に、同類のような匂いをかぎとった戸宇堂の脳裏に「長男の息子」という言葉がひっかかった。

「お前、あれか。俺の従兄弟《いとこ》かなんかか」

「……」

図星か。

そう思うのと、思い切り頬を張り飛ばされるのは同時だった。

壁とベッドにひっかかった体がよろめくことはなく、頭だけ勢いよく柱にぶつける。

ぐらりと意識が傾げかけ、慌てて首を振るその不確かな視界に、再び銀色の棒が弧を描き近づいてくるのが見えた。余裕のないまま、戸宇堂は目を瞑る。

しかし、覚悟した痛みはやってこず、そのかわりベッドが大きく揺れて、再び戸宇堂の体は強く壁際に押しつけられた。

「っ……」

「この、やろ！」

何かがぶつかる激しい物音。耳朶に触れた声が多嶋の声でなかったことに驚き、戸宇堂はなんとか体をひねって身を起こすとベッドの向こう側を見た。

多嶋がいたはずの場所に、一回り大きな男の影。その見慣れた姿に戸宇堂は我知らず声をあげていた。

「巳口くん！」

「立てよ、このやろう！」

相原を挟んだ向こう側で、巳口が多嶋の襟首を引っ摑んで立ちあがらせるところだった。

苦しげにもがく多嶋から視線をそらさず、巳口が叫んだ。

「社長、大丈夫かっ？」

「大丈夫だ。それより、相原さんが……」

我を取り戻すと、戸宇堂はベッドを揺すりながら動けるだけの隙間を作る。相原は相変わらず無表情で、しかし視線はこちらに向けられていた。その瞳が、心配そうに揺れているのを見ると胸が痛む。

と、その枕元で揺れていた多嶋の手がふいに握り込まれた。

はっとしたときにはもう遅い。カチリと音がすると、その手にあったライターが小さな炎をあげる。小指の先ほどの火。けれども、すぐ近くでアルコールに濡れていた枕を燃やすには十分だった。

「相原さん、火が！　巳口くん、水を！」

戸宇堂はベッドにのりあげると、相原の火のついた枕を必死で手で叩いた。あっと言う間に黒こげになった布が、すすとなってあたりにちり、しつこい火種がじりじりと相原の頭に、頬に、肩に近づいてくる。

「親父、ちょっと我慢して！」

巳口はそう言うと、暴れる多嶋の首を片腕でしめあげるようにして拘束すると、戸宇堂と同じようにベッドに乗りあげた。それどころか、土足のまま白い布団を汚し立ちあがる。

「巳口くんっ？」

何してるんだ、と怒鳴るより先に、多嶋のライターを手に、巳口がそれを天井に近づける。

着火ボタンを押すと、小さな炎が火災報知器の直下で揺れた。

「あっ……」

けたたましい警報音が病棟中に響きわたる。

そして、火災報知器のすぐ傍らにあったスプリンクラーが音をたてて水を噴射しだした。

冷たい水が、病室にある何もかもを濡らしはじめる。

「ふぃー、間に合った……」

満足げにつぶやいた巳口を啞然《あぜん》として見上げる戸宇堂の手の下で、ちりちりと燃えていた枕が、しとどに濡れていく。

安堵の溜息とともに、戸宇堂は背広を脱ぐと相原の顔の上にかかげた。少しは傘代わりになればいいのだが。

「巳口くん、来てくれて助かった……意外と頭がいいんだな、まさかスプリンクラー使うなんて……」

「俺も超意外。社長の頭のよさがうつったのかも。それよりナースコール押してくれてなかったら気づかなかったところだぜ。社長も、ありがとうな、親父守ってくれて」

「えっ？」

最初こそ、放せといって暴れていた多嶋だが、巳口に喉元を押さえられているせいか、少しぐったりしてきている。意識はあるし、ここは病院だから大丈夫だろう。と無視して、戸宇堂は首をひねった。

「いや、ナースコールは押せてない。多嶋のいるほうにあったから手が伸ばせなくて……」

言いかけて、戸宇堂は驚いた。

改めて、ベッドがあった元の場所を見ると、一本だけコードが伸びてベッドに繋がっている。

「えっ？　だって、俺談話室でコーヒー飲んでから親父のとこ行こうと思ったら、ナースステーションのコール？　かなんかのパネルで、親父の部屋の番号が点滅してて……」

そう説明しながら、巳口の視線が戸宇堂の視線を追う。

思わず、戸宇堂は前のめりになって相原の手元を見た。

年老いた大きな手が、プラスチックのナースコールボタンをしっかりと握り、その親指がボタンに食いこんでいる。

しわがれた声が、駆けつけた看護師の声などに紛れて聞こえてきた。

「いやぁ……俺もまだまだ、いけそうだ」

「おお！　さっすが親父！」

はしゃいだ巳口の腕の中で、多嶋が「ぐえ」と声を漏らす。

本当のところ、メガネもないし、顔面を流れる水が邪魔で視界が悪くて巳口の顔はぼやけている。けれども、その笑顔をはっきりと思い起こせた戸宇堂は、いつもの嫌味も忘れて、一緒になって頬をゆるめたのだった。

もっとしっかりしないと。

なんて、この歳になって叱《しか》られるはめになるとは思わなかった。それも警察官に。

相原は無事だったし、戸宇堂も少々の火傷《やけど》や打撲ですみ、多嶋は大人しく警察署に連れていかれた。

メガネは亀裂が入ったが、新しいメガネを作るまではなんとか使えそうだ。

あとは、事情を説明してお役御免だと思っていたのだが、事情を聞くうちに「今までそんなに警戒していたくせに、自力で動けない相原さんを巻きこんで、何してるんですか」と義憤に駆られた説教を受けたのである。

返す言葉もなかった。

借りてきた猫のように大人しく説教を受ける代わりに、多嶋の事情を十分に教えてもらってから警察署を出たときには、もう日はすっかり暮れて、携帯電話には職場からの報告メールがいくつも溜まっていた。

ざっと目を通し、問題がないことを確認しながらも、戸宇堂の口から漏《も》れるのは重たい溜息ばかりだ。

多嶋は、やはり戸宇堂の従兄弟だった。父の弟、つまり戸宇堂の叔父《おじ》の息子で、祖父母に溺愛《できあい》されていた長男の父と違い、叔父一家は何かと負担を強いられ冷遇されていたらしい。祖父母らから逃げて遠方で慎ましく暮らしていたのだが、叔父夫婦の死後、多嶋は葬儀に祖父母ら親戚《しんせき》一同を呼んだのがきっかけで、頼られてずるずると援助していたという。

さぞや大変だっただろうと同情しかけたのもつかの間、実際は多嶋のほうから祖父母に「今後は自分が面倒を見る」と持ちかけたというではないか。

妻の実家が大家族のため、両親がいないことに引け目を感じた結果祖父母に頼り、祖父母はケチだからこそ蓄えも多いに違いない、といって夫婦で同居までしていたというのだから始末に負えない。

せっかく叔父夫婦が縁を切った疫病神を自らほいほい呼び出したあげく、いいように身ぐるみ剝《は》がされて、こうして八つ当たりしてきたのだ。

桜のことは、戸宇堂に近づくための騙りだった。

とはいえ妻が病気なのは本当らしいが、戸宇堂は機会があれば、その妻とやらには是非離婚を勧めてやろうと考えながら携帯電話をポケットにしまった。

聞けば聞くほど多嶋という男に呆れ、同時に悔恨に襲われる。

家族の絆《きずな》を切り捨てて生きてきたのに、急に捨てたはずの温もりを欲しがったせいで、相原と巳口に大変な思いをさせてしまった。

うすうす、多嶋が信用ならないと気づいていたのに、その不信感を乗り越えようなんてなぜ思ったのだろう。

相原の料理を肥やしにして育ててきた警戒心や人を見る目を、どうして信用することができなかったのだろう。

あれだけのことがあったあとも、巳口は戸宇堂を心配するだけで、一度も責めることはなかった。だから、警察官に説教されるくらい、丁度よかったかもしれない。

もう二度と、鹿肉に巡り合えない気がした。

ここぞというときに、自分を呼んで、明日へ向かわせてくれた獣の魂を踏みにじってしまったような後悔が、重たく腹の奥に淀《よど》んでいる。

警察署の前に小さな公園があった。その間の道を通れば大通りに出て、タクシーを拾うことができるのだが、戸宇堂は見覚えのある影に気をとられて足を止めた。

暗くなった公園を囲む鉄柵に、男が二人。

座ってうつむいている姿は間違いなく巳口だ。彼もいっしょに事情聴取を受けていたことは知っているが、先に帰ってもらったはずだ。まさかこの寒い中、今まで待っていてくれたのか。

慌てて駆け寄る途中、ひび割れたレンズ越しに見えるもう一人の男の正体に気づく。

黒いコート姿の男は清瀬だ。すっかり忘れていたが、こうして二人でいる姿を目にすると、あっと言う間に嫉妬心が目を覚ます。

「巳口くん！」

「あ、戸宇堂さん、大丈夫だったんですか？」

勝手な嫉妬に気づくはずもなく、清瀬のほうが先に戸宇堂に応じた。根っから心配しているような表情に、覚えず嫉妬したことを謝りたくなるほどだが、挨拶をしようとした戸宇堂を遮ったのは巳口の鋭い一声だった。

「帰れって言ってるだろ清瀬！」

通行人が、ぎょっとしたようにこちらを見る。

戸宇堂も驚いていた。何を怒っているのか知らないが、巳口は清瀬の腕を邪険に振り払うと、鉄柵から立ちあがった。

「ユーリ、やっぱりさっきから変だって。ちょっと落ち着けよ」

「変なのはお前だろ。お前が、お前が変なこと言うから俺……」

警察署に行くまでは、多嶋に腹を立てながらも、確かに巳口は笑顔だった。

親父がけっこう元気そうでほっとした。なんて言っていたのに、今の表情は嫌悪感丸出しだ。

怒ったり笑ったりと、いつも表情変化の忙しい男だったが、一段と頬を赤らめ眉間に皺を寄せる様子は、怒っているというよりも、苦しげである。

「どうしたんだい、君たち……」

嫉妬も忘れて尋ねると、清瀬が言葉を濁した。

ちらちらと巳口を見て、一方で戸宇堂にも物言いたげな視線を送ってくる。

「いや、あの……僕がユーリに変なこと言っちゃったのは本当です。でも、まさかこんなに怒ると思わなくて」

「怒ってねえよ！　ただ俺は……お前には勝てねえじゃん」

「ユーリ……」

なんのことかわからないが、若者同士の喧嘩《けんか》に、自分が口を挟むのは野暮《やぼ》だろうか。

戸宇堂が見守る中、巳口が苛立《いらだ》ったように頭を振る。その拍子に、巳口の髪から水滴が一つ、街頭にきらめきながら飛んでいった。

「ち、ちょっと巳口くん、君、まさかスプリンクラーで濡れたときのままなのかっ？」

「えっ？」

街頭があるとはいえ暗がりの下で、清瀬も気づいていなかったらしい。

二人して驚き詰め寄ると、巳口は煩わしげに後ずさった。

「いいよ、こんなもん。もう乾いてるし……」

「馬鹿野郎。こんな寒い日に、濡れねずみのまま放っておいて乾くもくそもあるか！　清瀬くん、話し合いの最中に悪いんだが、こいつをいったん連れて帰ってもかまわないか？」

「は、はい！　僕がもっと早くに気づいてればよかったんですけど……」

タクシー呼んできます。と言うなり、清瀬は大通りに向かって駆け出してくれた。

もう一度鉄柵に座らせようと巳口に触れると、せっかくの革のジャンパーもダメージジーンズも、湿気を含んで凍えるように冷たい。

せめてもと、ジャンパーだけ脱がして、自分のコートを無理やり羽織らせる。

署に行くことになったときに会社に連絡を入れると、喜野が乾いた服を持って来てくれていたのだ。こんなことなら、巳口の分も頼んでおけばよかった。

ジャンパーの中、薄手のセーターに包まれただけの巳口の体は、湯気でもたちそうなほど熱い。

ぎょっとして額に手をやると、発熱していることに気づく。

こんな寒空の下、ずっと濡れねずみのままでいたのだから当然だ。

ふいに巳口の手が戸宇堂の手を摑んだ。指先に至るまで熱い。

「戸宇堂社長、さっちゃんは……」

「さっちゃん……ああ、清瀬くんなら、今タクシーを……」

「さっちゃん、いい奴なんだよ、社長。あいつ、人の金たかったりしないし、気もきくし、話も面白い。旨いもんも好きだし、頭もいいし、社長と一緒で努力家だ……それから、なんだっけ」

「……巳口くん、さっちゃんの話は今はやめよう」

大変なときだというのに、戸宇堂は思わずそう言っていた。

巳口の口からひたすら清瀬の話など聞きたくない。ましてや、絶賛だなんて。

自分のことを好きだといったくせに、清瀬のことも好きなのか？　そんな嫌味を言ってやりたくなる。

しかし、戸宇堂の予想に反して巳口の口元はふにゃりと笑みに歪んだ。

「さっちゃんの話しなくていいのか？　俺と一緒に、いてくれるのか？」

わけがわからないままうなずくと、巳口が寄りかかってきた。

重たくて熱い。

もしあのとき、二の足を踏んだりせずに好きだと応じていれば、今ここで抱きしめてやる権利があっただろうに。

タクシーがやってきた。

「戸宇堂さん、ユーリのことお任せしていいですか？　僕……怒らせちゃったから」

「かまわないよ。けれども、いったい何を揉めていたんだい？」

運転手が、カーナビに目的地を入力する間に尋ねると、清瀬は少し困ったような顔をした。

じっと見つめられると落ち着かない。

「ユーリは、独占欲が強いなって話です」

「……？」

「戸宇堂さん、本当に怪我とか、大丈夫ですか？」

「ああ、大丈夫だ。ありがとう。君の予言が的中したよ」

嫌味のようになってしまったが、清瀬は気にせず、笑って「お大事に」と見送ってくれた。

道中、巳口はずっと戸宇堂によりかかり、荒い呼気を繰り返していた。

他人の看病なんて縁のない戸宇堂には、恐ろしいことが起こるような気になってくる。

「運転手さん、申し訳ないが、ドラッグストアに寄ってもらえないか？」

「いいよいいよ。お兄さん苦しそうだねえ」

インフルエンザか何かだったら迷惑だろうに、運転手は朗らかに笑うとハンドルを切る。

その姿が頼もしく思えて、恥を承知でさらに続けた。

「あー……よければ教えてもらいたいんだが、冷えて熱出した人間には、何がいるんだろう」

「ああ、まずは解熱剤か風邪薬、店員さんに相談するといいよ。それからあとは……」

いくつか商品の情報を得て、ついでに自宅での療養に必要なものも聞く。

相原の家の看病セットの場所などわかるはずもないから、一応教えてもらったものはすべて買っておいたほうがいいだろう。

ついには、民間療法的な話まで教えてもらうはめになった頃、タクシーは賑やかなネオンに照らされたドラッグストアに到着した。

「じゃあ、すぐに戻ってきますんで」

「ああ、メーター止めとくよ」

礼を言って車外に飛び出したところで、後ろから引っ張られてつんのめりそうになった。

もたれる相手を失った巳口が、しっかりと戸宇堂の背広の裾を摑んで放してくれない。

「おい、巳口く……」

「社長、どこにも行くなよ」

「行かないよ、少し薬を買ってくるだけだ。君のためにな」

「マジ？　そんなこと言って、また妹とか出てきたら、そっち行っちゃう気だろ……」

返事に詰まった。

今になってやっと、戸宇堂は自分の馬鹿さ加減に気づかされる。

会ったことのない妹だなんてものよりも、今目の前に大事にしてやればいい相手がいたのに、自分は一度はこうして引き留めてくれた巳口の手を振りほどいたのだ。

「すぐに戻ってくる。約束だ」

馬鹿なことをしたとしみじみ思いかえし、戸宇堂は巳口の手を優しく握ってやった。

暑い。首筋の汗が気持ち悪くて、寝返りをうつと、何かが頭にぶつかった。

仕方なくもそもそと起きだすと、視界に飛びこんできたのは見知らぬ部屋。一拍遅れて、戸宇堂は自分が巳口の看病のため、相原宅にいたことを思い出した。

どうやら、帰るか泊まるか悩むうちに、うたた寝してしまっていたようだ。

畳敷きの和室では暖房器具がフル稼働しており、ストーブの上のヤカンからは、しきりに蒸気が噴出している。どうりで暑いわけだ。

頭にぶつかったものの正体はすぐにわかった。

この部屋にいくつも積みあげられたダンボール箱の一つだ。

大きく頑丈そうな段ボール箱は口が開いており、中から衣服や下着類がだらしなく顔を覗かせていた。別のダンボール箱には日本製のキッチン用品が詰めこまれていたし、中にはすでに頑丈に封がほどこされてしまっているものもある。

明らかに荷造りだ。船便で運ぶのだろうか、ダンボールに貼られた付箋《ふせん》には、巳口の字でどこかの港の名前が書かれていた。

こんなものに囲まれてうたた寝をしたせいで、巳口がアメリカに戻ろうとする夢を見てしまった。東京湾からイカダで出立。夢の中の戸宇堂は、笑って巳口を見送っていたが、あれが現実となったとき、自分はどうするのだろうか。

もしかしたら、見送りに行く勇気さえないかもしれない。

「……さすがに、本当にイカダで出国するようなら見送る価値もありそうだが」

独りごちると、戸宇堂はダンボールの山から視線を逸らして巳口の元ににじりよった。部屋に敷かれた布団にくるまり、巳口はまだ荒い息を吐いていた。額に貼った冷却シートは、役に立っているかわからないほど温かい。

寝汗を拭いてやり、冷却シートを換えてやる間も目を覚まさないところを見ると、巳口の眠りは深いようだ。

ふと鴨居にある時計を見上げると、巳口を寝かせてからずいぶん時間が経《た》っていたことに気づく。さすがに腹が減ってきた。

運転手のアドバイスでレトルトのおかゆなどを買ったのだが、そのうちの一つを自分で食べてしまおうと、戸宇堂は台所に向かう。

アンブルの厨房と違い簡素な相原家の台所は狭く、元は男の一人暮らしだっただけあって、鍋も皿も、必要最低限しかない。

レトルトの雑炊のために湯を沸かそうとしたところで、コンロの傍に開きっぱなしになった小さなノートがあることに気づいた。火がうつらないか心配で手にとると、そこにあったのは明らかに相原のものではない字。

読む気はなかったのだが、見開きのページに自分の名前があることに気づき、つい中身を確認してしまう。

——戸宇堂社長はディル嫌い？　よけてた。

何事かと思うと、少し前に会社に持ってきてくれた、サーモンのタルタルとかいう料理についていたハーブのことのようだ。どうやら、相原のレシピを再現した過程についてメモしているらしい。

わからなかった点、解釈に違和感がある点、手ごたえがあったときの感想。

レシピ番号とともに書かれた巳口の努力の痕跡《こんせき》の最後にもう一つ、必ず書き込まれているのは戸宇堂の名前だ。

――なんなの⁉　豚肉と一緒に出したらディル食ってたし！　もーわけわかんね。

――戸宇堂社長を黙らせるには、旨いもんが一番みたい。

――戸宇堂社長、ジビエのときは機嫌がいい気がするなー。肉食系だな！

メモ書きまでうるさい男だ。

そう呆れているのに、ノートを持つ戸宇堂の手は震えていた。

和室に散らばっていたアメリカ行きの荷物。遠い海の向こうにあるのだろう、巳口の居場所。不安を呼ぶそんな事実とともに、戸宇堂の耳の奥に、巳口の「好きだ」という言葉が蘇える。

巳口は怖くないのだろうか、好きだと伝えた相手と離れ離れになることが。

いや、怖いはずだ。現にさっきも、戸宇堂が妹のほうへ行ってしまうのでは、といって、熱にうなされていたとはいえダダを捏《こ》ねたのだから。

なら、どうして自分に告白なんてできたのだろう。

――戸宇堂社長が鹿肉食べたがってくれた。嬉しい！　頑張ろ！　早く熟成しろ、鹿肉！

戸宇堂社長が今まで食べた中で、一番旨くなれ！

いや、と戸宇堂は考え直した。

告白できない自分がおかしいのだ。

踏みとどまって、一歩も自分から歩きだそうとしないだけ。

巳口は、怖くても戸宇堂を好きだと伝え、そして大事にしようとしてくれている。約束を守って、全力で戸宇堂に認めてもらう料理を作ろうとしている。

巳口のことを馬鹿だ馬鹿だと鼻で笑っていたが、果たして自分と、どちらが本物の馬鹿だろう。

自分の中の巳口への本音が、ゆっくりと熟成されていく。

巳口に告白されたばかりのときは、あれほどまでに悪臭を放っていた臆病な不安も卑屈な疑念も、いつのまにか一つに溶けあい、慕情の一部になってしまっている。

離れ離れになんてなりたくない。いつか飽きられるのも怖くて仕方がない。

けれども巳口が愛《いと》おしい。

今までは不安を呼ぶだけだったその自覚が、今、ようやく熟成されて戸宇堂の中を温かく満たしていく。

きっと、この想いは今が一番の食べ頃だ。

柔らかなため息をつくと、戸宇堂は巳口の真心がつまったノートを、そっと閉じるのだった。


ときおり朦朧《もうろう》としたまま起きだす巳口に水分補給をうながしてやりながら過ごした夜は細切れで、夜明け近くには戸宇堂も疲れ果ててぐっすり眠りこけてしまった。

次に目が覚めた頃には、相原家の和室は真昼の陽光に包まれていた。しかし、目を覚ました理由はその明るさではなく、いつまでも鳴り止まない電子音のせいだ。

眉間の皺を揉みながら、あたりを探ると、テーブルにある巳口の携帯電話を見つける。

他人の携帯電話に勝手に出るのは気が引けるが、巳口を起こすのも忍びない。ならば電話は放っておこうか、とも思うのだが、職場からかもしれないと思うとそうもいかずに、戸宇堂はあとで謝ろうと覚悟して、通話ボタンを押した。

しかし、流れてきた声に、出なければよかったと後悔する。

「ああ、清瀬さんですか？　すみません勝手に、戸宇堂です」

『あっ！　こちらこそすみません。ユーリ、あれからどうです、大丈夫ですか？』

「ええ、夜中まで熱にうなされてましたが、今は寝息も静かで、ぐっすり眠っていますよ」

言いながら、戸宇堂自身気になって、巳口の寝顔を見に行く。

夕べの苦しげな様子はなんだったのかと言いたくなるほど、間抜けな顔で寝ている巳口の口からは涎《よだれ》が垂れていた。ご機嫌な夢を見ているようだ。

「清瀬さん、申し訳ないんですが、巳口くんの職場に、彼が今日休むことを伝えてもらえませんかね」

『任せてください。看病、全部お任せしちゃったので気になってたんですよ』

電話口で朗らかに笑うと、清瀬は続けた。

『戸宇堂さんはどうです、大丈夫ですか？　昨日は気づかなかった痛いところとか、ありません？』

夕べ巳口が、清瀬はいい奴だと言い募り始めたことを思い出さざるを得ない心配に、思わず戸宇堂は苦笑する。

嫉妬は止まないが、確かにいい人だ。

大丈夫だと伝えると、あからさまな安堵の息が聞こえる。そして、世間話もそこそこに電話は切れた。

電話に出るときは寝ぼけ眼《まなこ》で気づかなかったが、ディスプレイにはでかでかと清瀬からの着信だと明示されている。それを見て、戸宇堂は息を飲んだ。

ディスプレイにあるのは電話番号と、そして「清瀬桜」の文字。

呆然《ぼうぜん》として、何度もその名前を確認してから、戸宇堂はふと、清瀬との初顔合わせに感じた既視感を思い出す。

どこかで会ったことがあるような、見覚えのある顔。

友人知人、客、仕事相手、社員、そのどれでもなく、もっと身近で、かつて毎日見ていた、彼によく似た顔があるではないか。

「あ、くっそ……今回ばかりは喜野の勝ちだ……」

スナップ写真も悪くない。

きっと、喜野が溜めこんで埃まみれにしているだろう、古い古い自分の写真を発掘すれば、清瀬に似た男の姿があるだろう。

妹とは本当に会ったことがない。ただ、母は「息子だから」父方にとられてしまった戸宇堂の分まで、次の子供に執着していた。

だが、男児至上主義だった父の実家を相手に、本当に次に生まれた子供が女の子だったのなら、あそこまで執着しなくてもよかったのではないだろうか。

次男を「女の子だ」と言い張れば、父らが母を「頭がおかしい」と罵っていた理由に繋がる気がする。

父母の喧嘩の中身を思い出せば、裏はとれるかもしれないが、やめておいた。

そんなつまらないことを思い出す必要はない。ましてや、好きな男の枕元で。

「んー、ふゃー……うまい」

「なんの夢を見てるんだ君は……」

すっかりぬるくなった額の冷却シートをそっと換えてやっても、巳口は目を覚まさない。

仕方なく、戸宇堂は手帳のメモ用紙を破り、伝言を残す。

職場には、休むと連絡を入れてある。おかゆを食べなさい。ゆっくり休んで。それから
……思いつく限り書いてから、少し悩んで、最後に一文を書き加えた。

夕べの、熱に翻弄され、清瀬に当たっていた巳口の姿を思い出す。

——夜には戻ります。桜のところには行かないから安心しなさい。

書きながら笑ってしまった。いい奴なのに、巳口と仲がいいというだけで清瀬にさえ嫉妬してしまうほど自分は巳口が好きだ。そして巳口も、あんなに仲がいい相手にさえ、戸宇堂をとられてしまうと思えば喧嘩をしてしまうほど、戸宇堂のことが好きだ。

その単純な事実までこんなに遠回りしたことがおかしくて仕方がない。

メモを水と一緒に置くと、戸宇堂は一度会社と相原の様子を見るために、巳口のもとを後にした。

午後は仕事と相原への謝罪と見舞いに使う忙しい一日だったというのに、戸宇堂は柄にも

なくずっとそわそわしていた。凍えるようなビル風に吹かれてさえも、春の息吹を感じてしまう。

恋愛馬鹿か俺は。と愕然《がくぜん》としたものの、浮つく心は抑えられない。

こんな調子で、本当に巳口に好きだと伝えることができるのだろうか。

今まで無難にスマートに生きてきたつもりだが、今さら、必死になって告白してきたり、プロポーズの相談をしに来た友人知人らを尊敬してしまう。

大方の用事をすませ相原宅に帰り、レストラン側に回る。

レストラン側の鍵しか持っていないから、そこから裏手の住居スペースに行こうとしただけなのだが、ロビーから店内に足を踏み入れた戸宇堂を迎えたのは濃厚な肉やバターの香りだった。

ぎょっとして厨房に繋がるカウンターに駆け寄ると、案の定巳口がフライパンと格闘しているではないか。

「こ、こら巳口くん！　何やってるんだ君は……！」

「あ、戸宇堂社長、本当に帰ってきた！　よかったあー！」

「書き置きしてあったろう……」

「……夕べの俺のダサさを考えると、楽観できなくてさ」

長く寝ていたせいか、いつも格好《かっこう》よくセットしているのだろう巳口の髪は空気がしぼんだようにぺたんとしたシルエットになっているが、その病みあがりの身を包むのは、見覚えのある白いコック服だった。

アンブルの厨房に、コーラルのコック服。ちょっとした道場破りに見えなくもない姿は、思ったより元気そうだ。

「風邪の自覚もなく厨房に立ってるほうがよっぽどダサいだろ。まさか、高熱のせいで、ただでさえ少ない脳細胞がさらに減ったんじゃないだろうな」

「あっれ、なんか久しぶりだな、そういう意地悪なこと言われるの。毎日だとこの野郎って思うけど、たまにだと味わい深いや、社長の嫌味」

「……」

やはり、熱がまだあるのかもしれない。

眉を顰《ひそ》めると、巳口はなぜか嬉しそうに笑い、フライパンを置くと厨房から店側へとやってきた。

「社長、こっちこっち。心配してもらってるのはわかってんだけど、どうしても今日じゃないと駄目なもんがあってさ」

促されるままに店の中央に行くと、来たばかりのときは気づかなかったが、一つだけ埃よけの布がとられ、きちんとセッティングのされたテーブルがあった。

鈍く輝く銀色のカトラリーに、シンプルな白磁の皿。何もかもが懐かしい光景だが、その皿に置かれたナプキンに違和感がある。

アンブルではシンプルに畳んだナプキンを、カトラリーと同じブランドのナプキンホルダーで止めていたのだが、どこで覚えてきたのか、巳口の用意したナプキンは孔雀《くじゃく》が羽を広げたように華やかな姿で客を待っていた。

店内は暗いままだが、テーブルに置かれた大きなろうそくに火をともすと、食卓が淡く輝く。

「座って待っててよ、すぐ持ってくるから！」

「何を……っていうか巳口くん、さっきから気になってるんだがなんだその格好は」

「えー？　やっぱ、せっかくのお披露目はこの格好じゃないと気合い入らないじゃん。ちょうど、洗濯しなきゃならないから一着持って帰ってたんだ。かっこいいだろ、俺のコック服姿」

「かっ……、余所の店の制服を着るくらいなら、相原さんのコック服着たらいいじゃないか」

「やだね。都合いいときだけ親父の戦闘服借りるなんて格好悪いじゃん」

格好よさなどかけらも感じさせない膨れ面をしてみせると、巳口は再び厨房に去っていく。

その背中を見送りながら、戸宇堂は喉元まで出かかった「格好いいよ」という言葉を、素直に言えばよかったと少し後悔した。

嫌味なら、本音でなくてもいくらでも口を飛び出すのに、素直な言葉を吐くのは難しいものだ。

「お待たせ～」

コートを脱いで着席したところで、巳口がワゴンをひいて戻ってきた。

香ばしい肉の香りがする。野趣のある、けれどもどこか甘ったるい匂いだ。

目の前に、そっと皿が置かれた。

白い皿に、艶《つや》やかに膨らんだ、焼き色の美しい肉が一切れ。肉の香りと一緒に、ソースだろうか、ベリー系の香りが立ちのぼってくる。

「これ……」

「親父の十八番、鹿肉のポワレ。夕べが最高の熟成状態になると思って狙《ねら》ってたんだけど、一日遅れちゃった」

にっと笑って巳口はワゴンにあったワインボトルを手にとると、コルクを抜きはじめる。

流れるような仕草が、コック服と相まって様になっている。

しかし、その姿よりも皿から立ちのぼる薫香に心惹かれ、戸宇堂は鹿肉を見つめた。

初めて食べた相原の料理は鹿肉のポワレだった。じっくり熟成させた鹿肉を、何度もバターをかけまわしながら火を通す。

幼い頃、戸宇堂はこの獣を血肉にして、目の前が開けたのだ。

ただ、目の前の皿がおいしそう、というだけではない感慨が胸に広がる。

「見かけだけは綺麗に焼けてるな」

「社長が戻ってくるまでに練習しようと思ってた奴なんだけど、丁度よく帰ってきてくれたから。せっかくチャンスもらったんだから、熱出したくらいで指くわえて鹿肉見過ごす手はねえよ」

「ああ、君の料理を認めたら、デートするとかなんとか」

今から思えば、あのときの自分の動揺はみっともないほどだった。

何の覚悟もできていない子供のような心地で、そのくせ大人ぶって巳口を振りまわした。

その結果が、この料理かと思うと、遠回りも悪くない気がしてくる。

鹿肉に誘われるようにして、カトラリーを手にすると、戸宇堂は肉にナイフを入れた。

ポワレは、野菜などと蒸して焼く場合にも、フライパンで焼く場合にも使われる言葉だが、目の前の分厚く切られた鹿の背肉は何度も何度も泡立つほど熱を帯びたバターをまわしかけ、じっくりと火を通したものだ。

牛肉や豚肉のような優しい脂身が少なく、かっちりと赤い肉に覆われた鹿の背肉は、ともすればすぐにぱさぱさになってしまう。ゆっくりゆっくりと手間と時間をかけ火を通した鹿肉は、切ると美しいロゼ色の内部が見え、柔らかな肌がしっとりと濡れていた。一度は、レストラン中に異臭を漂わせていたあの肉の塊が、今は上品に皿の上に鎮座して、甘い獣の薫香を漂わせている。

ワインボトルを手にしたまま、うやうやしく傍らに控える巳口がじっと見守る中、肉を一切れ頬張る。

噛む前から、懐かしい味が口腔に広がった。

「……」

噛むとほどよい弾力が歯の付け根にまでじんわりとした心地よさを伝え、舌に吸いつく肉肌はしっとりとして官能的だ。噛むたびに鹿の香りと、鹿でとった出汁《だし》とベリー類を混ぜた、濃厚なソースの味が味覚を満たしていく。

飲み下すのを待ちきれないように、胃が鳴った。

「懐かしいけど、何か違うな……」

せっかくの料理に、戸宇堂は自然といつものように批評が口をついた。

我ながら可愛げがないと思うが、それでも違和感のある香りに気をとられるのだ。

だが、巳口の表情は崩れるどころか、得意げな笑みが深まる。

「そりゃそうだよ。巳口スペシャルなんだからさ」

「……君は何か一つでも目立たないと落ち着かないタイプなんだな。模写とか、反復練習と言う言葉を知らないのか？」

「し、知ってる知ってる。知ってるけど……今はアンブルを継ぐための試食じゃなくて、俺の料理を認めてもらうための試食なんだからさ。巳口優里的なインパクトがないと」

自信満々に言ってのける巳口の表情は、ろうそくに優しく照らされ、戸宇堂は呆れるより先に胸がときめいた。

夕べ、覗き見てしまった巳口の料理メモを思い出す。

「俺のための料理ってわけか」

「そういうこと。俺さ、夕べわかったんだ。戸宇堂社長を守りたくて多嶋とかいう奴を警戒してたつもりだったんだけど、単に社長を独り占めしたかっただけなんだよな」

多嶋にも苛立ち、清瀬が本物の「桜」であると知ると、またそれにも苛立つ。恥ずかしいだろうにそんなことを打ち明けると、最後に巳口は信じられないことを言った。

「親父のために何かしたいし、親父の知ってることを今のうちにいっぱい吸収したいと思ってた。それなのにさ……社長の子供の頃の話聞いて、いかに親父の料理のとりこなのか思い知らされたとたん、俺は親父にまで嫉妬したんだ」

「それは……無謀だな」

「そうなんだよ。でもさあ社長、無謀でもやらなきゃ、社長に近づけないから」

「……」

まっすぐな巳口の瞳を受け止め、戸宇堂は自分の番だと思った。

口腔に舌を這わせると、鹿肉の熟成されきった繊細な香りがとろけだし、子供心に感じた衝撃を思い出す。

見たことも聞いたこともない味に驚愕して、恐怖を覚えた。それでも、それを味わい貪りつくし、今また、戸宇堂は恐怖を覚えるほどの、見知らぬ愛情を前に立ちすくんでいる。

この愛情も、食らいつくしてやろう。

そう覚悟した戸宇堂は、しかし何も考えずに口を開いた。

愛の言葉なんて考えたことがない。だから、鹿肉を味わったこの口にすべてを任せて、何の飾りもせずに自分の言葉を吐き出そうと思ったのだ。

しかし、飛び出た言葉に自分でも驚くはめになった。

「巳口くん、アメリカに帰らないでくれ……」

懇願なんてみっともない。

そう思っているのに、止まらない。驚いたように目を開いた巳口の瞳を、戸宇堂は縋るような眼差しで見上げた。

「君、アメリカにまた行ってしまうんだろう？　いずれ離れ離れになるんだと思うと怖くて、君の告白を受け入れられなかっただけなんだ」

素直な愛の言葉どころか、自分の一番みっともないところをさらけだす。

しかし、巳口は笑わなかった。

「た、タンマ、社長。そういう言い方は……俺、勘違いするよ？」

「勘違いじゃない。俺は君が好きなんだ、巳口くん」

巳口の手が、ワインボトルを取り落としかける。ボトルの中で波打つワインの嵐が、巳口の内心を表しているようだ。

自信満々なくせに、こんなときに本気で驚いてみせる単純なその姿さえ愛おしい。

そんな思いでいると、巳口は乱暴にワインボトルをワゴンに置いて、身をかがめて鼻先を近づけてきた。

「好き？　好きって言った、今？」

「っ……」

「もっかい言って、社長」

「す……きっ、んっ」

言わせる気がないのか。と文句を言ってやりたくなる勢いで、顎を摑まれ唇を塞がれる。

お互いの唇の間で、鹿肉の香りが転がり、熟れていった。

肌がざわつく。

官能に差などないと思っていたのに、ただのささやかなキスが驚くほど幸福感を呼ぶ。

「ち、ちょっと待て巳口くんっ……」

「う、うん。俺も何やってんだろうって思うんだけど、なんか、止まらない……社長、俺のこと好き？」

しつこく言い募りながらも、巳口のキスは深まっていく。

CORAL

肌を撫でる吐息に、微かな興奮が入り混じり、戸宇堂は椅子ごと後ずさりそうになった。

「すっ……ん、ぅんっ」

「俺も好き。戸宇堂社長のこと好き。離れ離れとかあるわけないじゃん、こんな好きなのに」

「ふむっ？」

巳口の荒い吐息混じりの言葉に、どういう意味だ、と言ってやりたいのに、絶え間なく唇を吸われるせいでままならない。

仕方なく巳口の胸をどんどんと叩くと、巳口がようやく体を離した。

戸宇堂の唾液に濡れた唇を一舐めすると、巳口はささやく。

「社長、いくら馬鹿な俺でも、アメリカ帰るつもりのくせに、アンブル残せとか無茶言わないよ。責任なさすぎだろ」

「……いや、でもビザがどうとか。店の子がどうとか」

「アメリカに戻らないなら戻らないなりに、いろいろ準備がいるってだけで……あ、駄目。やばい。社長そんなことずっと考えてたの？　俺がどっか行っちゃうって思ってたの？　何それ、俺のことばっか考えてたんじゃん、すげえ可愛い、嬉しい」

興奮がそのまま声に出ているような早口でまくしたてると、再び巳口が唇を近づけてくる。

彼の言う通りだ。ずっと巳口のことばかり考えていた。

改めて考えるとひどく恥ずかしくて、その上戸宇堂の中にも巳口と同じ「嬉しい」が荒れ狂いはじめる。

しかし、戸宇堂は巳口のようにキスに夢中にはなれなかった。それどころか逆に、やけに落ち着かない心地になってくる。

何の杞憂もなく、巳口とこうして触れ合い愛欲に溺れることができる可能性など一度も考えていなかったせいだ。

「み、巳口くん、じゃあ部屋の段ボール……」

「船便がようやく届いた」

「ああ。届いたほう……」

再び巳口が近づいてきて、戸宇堂も、また彼を押し戻そうとする。

その繰り返しに、巳口は耐えきれないような熱い吐息をこぼすと、濡れたように輝く瞳でじっとこちらを見つめてきた。

「社長、ムードなくて悪いけど俺、嬉しすぎて止まんない。社長が今嫌なら、俺一人でトイレ行ってくる……社長はどうしたい？」

「嫌……とかじゃなくてだな。ほら……食事中だし」

「うん、だから性欲が勝ってて辛い。鹿肉の匂いかいでるだけでエロい気分になる」

鴨肉にいやらしい気分になって自慰をした戸宇堂としては、つっぱねにくい反論だ。

仕方なく、戸宇堂は必死で思考を巡らせた。

病みあがりじゃないか、とか、相原さんのお宅だし、とか言ってみるも、その都度納得のいく言い訳をされてしまい、だんだん逃げ道がなくなっていく。

覆いかぶさるように戸宇堂を覗きこむ巳口の吐息に、まだワインを一口も飲んでいないのに酔ってしまいそうだ。

一体自分は今さら何から逃げているのだろう。

もう二度も彼とは肌を重ねているのに、と思い返したところで、戸宇堂の頬がかっと火照った。

この、焦燥感にも似た気持ちの正体をようやく理解し、戸宇堂は巳口から視線を逸らして呟く。

「巳口くん、嫌ではない……ただ、その……恥ずかしいんだ」

「……」

数ある交際経験の中で、こんなにも相手を心から欲しがっているのは初めてだ。

巳口に欲情されていると自覚したとたん、肌が震え腰がうずく。

そんな、まるで初恋のような自分を見られるのがとても恥ずかしい。

きょとん、と目を瞠った巳口に、戸宇堂は背中を押してほしくて懇願した。

「巳口くん、君、まだ俺のことが好きか？」

「……好き。好きすぎてどうかしてる。恥ずかしがってる戸宇堂社長も大好き」

「じゃあ……いい」

我ながら下手な返事だと思いながら、戸宇堂はぶっきらぼうにそう言うと、巳口のコック服に手をかけ引き寄せ、自ら鹿肉の香りのキスをしたのだった。

ワイシャツのボタンの数が多すぎる。皺になるのもかまわずスラックスを部屋の隅に放り投げると、すでに鹿肉の香りに煽られ欲情していた雄の膨らみがばれてしまった。けれどもコック服の上下を脱ぐ巳口も似たり寄ったりで、二人してまるで十代の頃のような抗いがたい肉欲に照れたように笑いあいながら抱きあった。

キスをしながら布団に倒れこむと、お互いの歯があたる。

荒い吐息が絡まりあい、頬を呼気が撫でるだけで興奮が高まった。

もう三度目なのに、それどころか巳口のことを想いながら自慰までしたのに、今どうやって彼のキスに応えればいいのかわからず、戸宇堂は顔をそむける。

「社長、ほんとに恥ずかしいんだ」

「うるさい」

嬉しそうな笑い声が近づいてきたかと思うと、背けた横顔の耳をかじられる。まるい耳を形作る軟骨にやんわりと歯が押しつけられ、巳口の熱い息が耳孔を犯した。

「うわっ……」

「あ、やば。可愛い……先に、シャワーでも浴びようと思ってたのに」

「熱、出したくせに何言ってんだ……ん、っ」

「熱だしたからだよ。俺、今汗くさい」

巳口の言い分はもっともだったが、火照った体から漂う匂いに、戸宇堂はかけらも嫌悪感を覚えなかった。

さきほどまで厨房で鹿肉と向きあっていた巳口からは、バターや肉やソースの香りが染みついて、その奥深くにかすかに汗の匂いがする。

心惹かれて、戸宇堂は近くにあった巳口の首筋に舌を這わせた。

「んっ……」

「獣みたいな香りがしてる。旨そうだから、そのままでいい」

「ははは、社長の食いしん坊……」

熱のこもった声が笑うと、巳口は身を起こした。

見下ろされると、自分のほうが食材のような気がしてくる。

腕を伸ばした巳口の固い指先が、戸宇堂の顎をなぞった。そのまま、喉へ、鎖骨へ。五指がざらりと胸から横腹に落ち、また腹の上へと戻ってくる。どの部位をどう料理しようか、そんなこと考えている気がした。

ざわつく肌と、うずく腹の奥。ただ見下ろされ、肌をなぞられているだけなのに、戸宇堂の性器は耐えがたい快感であるかのように、さらに頭をもたげた。

巳口の手が、その欲情の証に近づく。下肢《かし》の茂みに指がわけいり、早く一番敏感な場所に触れてほしくて、戸宇堂の腰がわずかに揺れた。

しかし巳口の手は、肝心のところで太ももの付け根へと逃げていき、遠ざかっていく。

つい物欲しげに巳口を見あげてしまうが、返ってきたのは生真面目なほどに鋭い眼差しだった。肌の泡立つさまさえも見のがさないとでも言いたげに見つめられていることに気づき、羞恥《しゅうち》に顔が火照る。

いつのまにか手を増やし、両手で戸宇堂の肌を確かめていた巳口だったが、太ももから膝裏へ辿り着いたとたん、戸宇堂の足をぐいと持ちあげてきた。

体を折り畳むようにして膝を持ちあげられると恥ずかしい場所がむき出しになる。

見あげると、無様に割り開いた自分の足の間に巳口の頭が見えている格好になるが、羞恥や屈辱を覚えるより先に、巳口に好き放題されているような気がしてひどく興奮した。

だがそれもつかの間のことで、巳口の顔が自分の尻に近づいてくると同時に、戸宇堂は慌てて身を起こそうともがく。

「み、巳口くん、待った。そこは汚い……っ」

「そう？　食べて食べてって、可愛く震えてるけど」

「馬鹿やっ……、んっ、あぁっ」

暴れる体をなだめるように、巳口が尻に歯を立てた。とたんに、尻の奥深くが震え、その敏感な入り口を舌でつつかれる。

ささやかすぎる刺激なのに、体じゅうが反応した。

巳口がさっき触った場所が、快感の線になって繋がるように皮膚が粟立《あわだ》ち、心臓さえも性感帯になったかのようにどきどきした。

しかし、どんなに感じても後孔そのものは固く閉ざされ、まだ触れられてもいない内側の粘膜が物足りなさそうに蠕動《ぜんどう》する。

切ないうずきに耐えかねて、戸宇堂はあたりに視線を巡らせた。

枕元には、戸宇堂が用意した薬やスポーツドリンクやゼリー飲料。それに、戸宇堂自身に処方された火傷用の保湿クリームがある。

その中からクリームを手にとると、指にたっぷりそれをつけて戸宇堂は己の臀部に手を伸ばした。

巳口が、期待に瞳を輝かせて言った。

「何、社長。もしかして、自分でするところ、見せてくれんの？」

「……見たいか？」

自然と、声がかすれる。

巳口は、いたずらっぽい笑顔を消すと、余裕のない様子でうなずいた。

「見たい。見せて、社長。俺のものを、今からここで食うんだって思いながら、いっぱいエッチなとこ見せてよ……」

馬鹿、と返し、戸宇堂は巳口にわずかにほぐされていた窄《すぼ》まりに、指を這わせた。括約筋の輪なぞり、ゆっくりと自分の中へと指先を潜りこませる。

「……ふ、ぅっ」

こうしていると、見透かされるような気がする。

巳口のことを考えながら自慰をしたあの夜を。みっともなく、一人で悶々と好きという自覚から逃げまどい、そのくせ巳口をおかずにして、今と同じ場所をかきまわしていた。

思いだしながら巳口にこうもじっと鑑賞されると恥ずかしくてたまらない。

それなのに、指は戸宇堂の意志など届かないかのように勝手に淫らに動きだす。

自分の熱でクリームはあっと言う間にとろけて、震える粘膜を潤《うるお》していく。

巳口の言うとおり、今から彼をここで食らうのだと思うと、そこが自分の器官だとは信じられないほど、はしたなく内壁が指にへばりついてきた。

こんなふうに、今までも自分の肉欲は巳口のものを飲みこんできたのだろうか。

自覚したとたん、指先がカマトトぶる。

指をなんとか二本に増やしたというのに、そこから先が動かない。浅い抜き差しを繰り返すばかりになった指に、不満げに腹の奥が震えた。

だが、不満だったのは戸宇堂の欲望だけではないらしい。

やおら、巳口の手が片方、膝裏から離れた。

そして、その手がまごついている戸宇堂の手にかかる。

戸宇堂の手の甲を摑んだ巳口に促されるように、ずるずると二本の指が根本まで潜り込んできた。

「っ……み、巳口くん」

「ほら、社長。このまま指動かしてよ。俺の太さ思い出しながら、指で社長のいやらしい中、広げてみせて」

「あ、あっ……」

巳口の手の一部になってしまったかのように、戸宇堂の指が蠢いた。臀部に、太さを教えるように巳口のものをなすりつけられ、その熱さに尻肉が震える。

この熱欲をここに、と指が粘膜を押し広げ、震える内壁に自分の指間接が食いこんだ。じんと、その中の一つから腰に向かって、痺れるような快感が走った。

いけない。そう思うのに、見つけた場所をくじるように指が勝手に動く。

「あ、あっ、巳口くん、手、放して……」

「すごいな社長。指飲み込んでるところが、ひくひくしてる。今気持ちいいとこにあたってんのか？　あとで俺も、いっぱいそこ可愛がらせてよ」

「あ、ぅっ」

「そう、そこ。あとで、俺のでいっぱいこすってあげる」

「変な、ことを言うな……そんなっ、こと……」

柔軟な内壁の腹側、指を折り曲げると、ちょうど鋭角になった間接が食いこむ凝りが、巳口の言葉に敏感さを増していく。

いつのまにか、戸宇堂の性器は完全に頭をもたげ、感じる場所を指でくじるたびに、膨らみきった先端にある鈴口がひくつくのが見えた。

出したい。

まだ、巳口を一つも気持ちよくしてやれていないのに、激しい射精感に理性が弱っていく。

気づけば、戸宇堂は激しく自分の中をかきまわし、巳口に見られながら腰を揺らしていた。

「あ、社長もういきそう？」

「君が、変なこと言うからだ……っ、指が、とまらない」

弱ったな、と巳口が微かに笑った。

その音に、戸宇堂は背筋をぞくりと這うものを感じた。

欲望にかすれる巳口の声音に余裕はない。それなのに笑った巳口は、戸宇堂の手も太ももも手放すと、枕元からゼリー飲料を取った。

その意味を、巳口を受け入れるための行為に翻弄される戸宇堂は気づけない。

まずい、と思ったのは、巳口がゼリー飲料のキャップをはずし、片手で戸宇堂の陰茎を優しく支え、その先端にゼリー飲料の飲み口を押しつけてからようやくだ。

「お、おい巳口くんっ」

「大丈夫、全部いれたりしないから。でも、今いったら、俺我慢できそうにないし戸宇堂社長もきついだろ？　だから、ちょっと栓するだけ」

長く延びた尿道は、今にも欲液を吐き出す期待に染まっている。それなのに、巳口はとんでもないことを言うと、鈴口に飲み口を押しつけたままゼリー飲料のパックをぎゅっと絞りこんだ。

「ひっ」

冷たいゼリーが熱く火照った戸宇堂の先端を襲う。

噴出したゼリーは、一見性器に入りそこねたようにたっぷりと腹や胸に落ちてくる。しかし戸宇堂の性器の細い道には、確かに冷たいものが忍び入りはじめていた。

液体が逆流してくる初めての感触。

そんな場所にこんなものを、と恐怖を覚えたのに、液体に犯されるそこからは、まるでもう吐精してしまったようななじみ深い快感が走り、しかし実際は欲望の奔流を塞がれてしまったものだから、気持ちいいのに苦しい、そんな混乱に襲われる。

たまらず自分の中から指を抜き、戸宇堂は巳口の腕を掴んだ。毎日重たい器具を持ち、肉を切り分ける逞しい腕は、ソーセージの詰め物でもするように、優しく戸宇堂の性器を撫でながらたっぷりとゼリーを注ぐ。

奥深くまで犯された性器と、熱く火照る後ろの器官が繋がってしまったようにぐずぐずと震えた。

「ああ、あっ。こんな、嘘だろ……っ？」

「大丈夫大丈夫、あとで綺麗に全部出るから」

もはやいたずらめいた響きさえない、雄の低い声でそうささやくと、巳口はゼリー飲料のパックを投げ捨てあらためて戸宇堂の足を押さえた。涙に潤んだ視界に、赤黒い屹立が見えたのもつかの間、すぐにそれは戸宇堂の尻に触れ、中へと消えていった。

「あ、あっ！」

「う、わっ……」

窄まりが、ぽってりとした性器の先端に吸いつき、巳口自身を飲みこんでいく。鹿肉を食べていたときと同じだ。待ちわびた肉を前に、自分の下の口が恥じらいもなく巳口のものにむしゃぶりついている。

そして、勢いよく突き入れられた巳口の肉茎に、痺れるように戦慄いた。

「ふぁぁっ……！」

じん、と快感が脳髄まで走る。ぞくぞくと肌が震え、戸宇堂の陰茎が勝手に揺れた。とろとろと、鈴口からゼリーがこぼれおちるが、まだ尿道に残るそれが邪魔になって、達するどころか先走りの体液さえこぼせぬ戸宇堂のものは痛いほどに張りつめている。

もしゼリーがなければ、きっと自分は吐精していた。

そう思うほどの快感が腹の奥で爆発しているのに、その快感のやり場がないまま、まともな状況ならすぐに通りすぎるはずの絶頂感にいつまでも苛《さいな》まされる。

「この、変態っ」

たまらず叫ぶようにそう喘ぐと、その言葉に煽られるように巳口が腰を打ちつけてきた。

「ごめん、縛るのと迷ったんだけど、とりあえず目についたのがそれだったから……社長、かっわいいい」

「あ……んっ、ん、くぅっ、ぅっ」

「社長、俺、旨い？　美味しい？」

「旨い、旨いから、前、どうにかしてくれ……っ」

陰茎の奥深くで、ゼリー飲料と自分の欲液がせめぎあっているような気がする。腹の奥には巳口が居座り、その脈動から体温まで戸宇堂の中に刻みこもうとしてくる。

「俺の味覚えてよ社長」

こんなことされて忘れるか。

と言ってやりたいのに、そろそろその余裕もない。

それどころか、後孔の深い場所が、是非ともその味を覚えたいとばかりにうねり、戸宇堂を追いつめる。

ずるずると、膨らんだ巳口の先端にその内壁をえぐられ、その圧迫感がゼリー液に膨らむ陰茎まで撫でたような気になり、戸宇堂は枕を握りしめた。

もう、体が自分のものではなくなっている。

骨まで、巳口の熱さに溶けてしまいそうだ。

「君こそっ」

愉悦に熟んだ思考回路が、戸宇堂を素直にさせる。

ひときわ奥まで押し入り、腰をふるわせた巳口の、限界が近いらしい表情を見つめながら続けた。

「俺のこと、残さず食えよ……」

「……っ」

巳口が、我慢がきかなくなったように覆いかぶさってくる。

いっそう腰を深く降り曲げる格好になってしまうが、彼の唇が自分の唇にふれたとたん、そんな体勢のきつさはどうでもよくなった。

飢えたように口を開き、舌を差し出す。

分厚い舌に口腔を侵されながら、戸宇堂はたまらず達していた。

限界をこえた快感の奔流が陰茎を揺らし、ぼとぼとと胸元にゼリーが吹き出す。

いつまでも止まない解放感に、後孔の奥深くがはしたなく蠢いた。

その、自分のものを屠られる感触がたまらないらしく、巳口が喘ぎながら腰を揺らす。

そして、ようやくゼリーの出きった戸宇堂の雄の先端から白く濁った体液がこぼれはじめた。

ようやく訪れた本物の吐精に、戸宇堂の足先がぴんと伸びて宙を蹴る。震える太ももにぴたりと巳口の腹がはりついたかと思うと、絶頂感にひくつく粘膜の奥深くで、巳口のものも爆《は》ぜた。

「あぁっ、君のが、中で……っ」

「は、ぁ……皿まで舐められてる気分。好きな人に食われるのって、幸せだな」

馬鹿野郎、と言われると思ったのか、巳口は言いたいだけ言うとすぐに戸宇堂の唇を奪った。

舌をすすられ、歯列をつつかれ、それこそ皿に残ったソースまで舐めるようにねっとりと味わわれる。

おかげで、俺もだ、という言葉が、発さぬうちから巳口の胃の中に消えていってしまう。

好きな男に激しく貪られ、一滴残らず平らげられてしまう幸せが、体の中に放たれた巳口

の欲望と一緒に、ゆっくりと体中に染みわたっていくのだった。

「変だと思ったんだよなー、普段さっちゃんって呼んでたのに、急に名前で呼ぶなとか言い出すからさ。ようはあいつ、俺が戸宇堂社長に世話になってるって聞いて、一目どんな男か見てみたくて帰国したんだってさ。俺、とんだかませ犬だよまったく」

あんな騒ぎを起こしたにもかかわらず、病院は戸宇堂を責めることもなく、快く相原の病室を移してくれた。

新しい病室で荷物を整理しながら、巳口はしきりに多嶋が送検されたことや、最近の出来事を語っている。

さすがに、相原に自分と巳口の関係を知られるのは嫌だ。そのあたり、巳口は「わかってるって！」と言っていたが、傍らで調子のいい語り口を聞いていると心配になってくる。

「せっかく会えたと思って緊張してたら、思いがけず社長が俺俺詐欺ならぬさっちゃん詐欺にあってるって知って慌ててたんだってさ」

「そのさっちゃんに、泣き言言って八つ当たりしてたのは誰だったかな」

「う、今朝謝ったよ……だって社長、あんなうさんくさい自称妹旦那とかいう奴にも親身になっちゃうし、赤の他人の親父にも甲斐甲斐しいし、ましてや本物の善良な妹の存在知ったらシスコンになりかねないじゃん。いや、実際はブラコンか」

「別に親身になってないし、甲斐甲斐しくもない。もう家族ネタはこりごりだよ。今まで通り、意地悪で気取ってる戸宇堂社長として頑張るさ」

清瀬とはあれ以来連絡をとっていない。

清瀬もまた、文字通り「一目どんな男か見たかった」だけなのか、それ以上の勇気がないのか、接触してくる気配はなかった。

そのうち機会があれば、と思うものの、今は巳口との関係を大事にしたり、アンブルの今後についてもっとよく考えてみる時間のほうが戸宇堂には重要なことになっていた。

もし、また何か一歩踏み出さねばならないときは、きっとまた鹿が自分を呼んでくれるだろう。

そんな占いめいた不確かなことを本気で信じてしまうほど、戸宇堂はまた新たに踏み出した一歩である巳口との関係の貴重さを噛みしめている。

「そうだ、相原さん。アンブルのほうは正式に休業届が受理されました。一人だけまだ行き先に困っていたスタッフも、無事次の職場を紹介してやれたので、これでだいたいの問題は片づきましたね。心おきなく、来週からはじまるリハビリ、頑張ってください」

声をかけると、相原の顎が数度動いた。うなずいているらしい。

しかし、いつもなら父親のそんな姿に喜ぶ巳口も、今回ばかりは唇を尖《とが》らせる。

「ちぇっ。結局待ったなしで閉店みたいなもんか……」

「なんだ、休業届出しただけで、君はあの店を諦めるのか？」

小馬鹿にしたような口調で言うと、戸宇堂は相原と目配せした。

相原には負担をかけたが、アンブルについて夕べもう一度話しあったのだ。何時間もかけて、相原の答えが繋がるのを待ち、戸宇堂もそれに賛同した。

きっと馬鹿息子さん、調子にのりますよ。

とだけ忠告しておいたが、それを聞くと相原は笑っただけだった。

「巳口くん、勝負してただろう、俺が店をやらせてやりたいと思う料理を作れたら、君の勝ち」

「う、うん？」

勝負はついていない。戸宇堂が、料理を認めるより先に、巳口の愛情を受け入れたのだから。

そう思い、巳口も理解に苦しんでいるのだろう。きょとんと眼を瞬《まばた》かせる表情は無防備だ。

「その勝負の期限を撤廃しよう。その代わり、次からは料理だけじゃなくて、どんなレストランをやりたいのか、自分はどんなシェフを目指しているのか……そういうことも含めて、君の夢を伝えてほしいんだ」

「な、なんだよなんだよー。まるで、まともなレストランの計画たてたら、社長がパトロンしてくれるみたいじゃん〜」

「そのつもりだ」

きっぱりと言い切ると、相原がまたうなずく。

二人のその態度に、巳口は冗談を言っていい空気ではないと感じたのか、緊張に笑顔を崩して丸椅子に座りなおした。

「待ってくれよ、俺だってそりゃあ、料理人なんだからいつか自分の店は欲しいよ。でもそれは、親父や社長に甘やかしてもらって簡単に手に入れたい城じゃねえよ……」

「馬鹿言うな巳口くん。君は、俺がそんな簡単に、レストランのオーナーになってやる男に見えるのか？」

「それは……」

「アンブルは閉店だ。幸い土地は相原さんのもので、立ち退《の》きの必要もない。いい店だった、と思われながらそのうち過去のものになって、ある日同じ場所に、どこか懐かしい、けれども全然違う店が開店するのもいいと思わないか？」

巳口の唇が震えた。

今にも泣きそうな表情に、たまらず戸宇堂は苦笑する。

「なんだ、その、もう俺に認めてもらえると思いこんでる顔は」

「そ、そんな顔してねえよ！　た、ただちょっとその……こりゃ気合いいれないとって思っただけだ！　俺が本気になったら、明日にでも店開かせてやりたいって思わせてやれるんだからな！」

「そうか、楽しみにしてる」

「っ……」

「あらら、やっぱり泣いちゃって」

「泣いてねえって！」

かすれた相原の笑い声が聞こえる中、戸宇堂は棚の扉を閉めると巳口のもとに向かった。

自分たちの判断が巳口を甘やかす結果にならないか悩みはしたが、相原と共に、もっと深いところまでアンブルの将来について語りあえるのは有意義な時間だった。

この、アンブルでの思い出がある限り、巳口可愛さのあまり情けない判断を下したりはしないだろう。戸宇堂はそう気持ちを新たにする。

せっかくだ、巳口は冷たくて意地悪な戸宇堂が好きらしいから、勝負をしかけてくるたびに、目いっぱい苛めてやるのも悪くないかもしれない。

そんな悪巧みを胸に相原の枕元に並んで座ると、巳口の持つデジタルフォトフレームの画面が見えた。

目じりを拭っていた巳口が、照れ隠しのようにしてその画面を何度も切り替えるところだ。

「お！　すげえ、俺のことだっこしてるお袋の写真だ。超レア。赤ん坊でもイケメンだな、俺」

「無邪気な笑顔だな。このころと今の君、脳味噌《のうみそ》の大きさかわらないんだろう……」

「……俺も親父と一緒に脳のＣＴとろうかな」

「いいな。とれとれ」

相原が、こんな体になってもなお手元に置いておきたがったデジタルフォトフレームには、相原の家族や常連客、今まで働いていたスタッフや旅先の写真がたっぷり詰まっていた。

まめに写真を撮る男だったらしく、撮られた覚えはないのに、アンブルで食事中の戸宇堂の姿もあった。

商社マン時代の横顔がまだ若い。

「やだー戸宇堂社長ってば初々《ういうい》しいじゃーん」

「見ろ、入社したての頃の安いスーツ姿だ。このころは相原さんのレストランの格式は馬鹿みたいに高かった。懐かしいな」

古い写真を見て、懐かしいという感慨を覚えることは新鮮だった。

何枚もある写真の中には、古いフィルム写真を、さらにデジタル写真で撮影した記録もたくさんある。

相原が写真の思い出にどんなこだわりを持っているのかは知らないが、褪《あ》せていくばかりのフィルム時代の写真をこうして残しておこうとするのだから、確かにレシピと一緒に手元にいつも置いておきたい宝物に違いない。

何枚目かの、フィルム写真の映像にふいに他愛《たあい》ない花の写真がうつり、巳口が手を止めた。

覗きこむ戸宇堂も、思わず息を飲む。

古ぼけた写真は色褪せて、花弁の鮮やかな色彩が淀んで見える。

しかし、その花弁から蘇る記憶は鮮やかだ。

ベルドゥジュール。なんの変哲もない、朝顔の花が一輪。

「なんで朝顔一輪、コップに挿した写真なんか……」

巳口が不思議そうに写真を覗きこんだのを見て、戸宇堂は胸が震えた。

この花以外何も持っていなかった時代から、今、戸宇堂は驚くほど多くの宝物を持っている。

気づけば戸宇堂は、フォトフレームを持つ巳口の手を握っていた。

「巳口くん、頼みがあるんだが」

「お、なになに？　社長のおねだりとか、超ハードル高そうなんだけど」

「……写真撮らないか、一緒に」

一瞬、巳口が驚いた顔をする。

しかし、その頬が照れたような笑みに歪むのと同時に、握っていたはずの巳口の手がほどけ、甘えるように戸宇堂の指に絡みついてきた。

あとがき

はじめまして、こんにちは。「いじわる社長と料理人」をお手にとってくださりありがとうございます！

今回は大好きな美味しい話の中でも、ちょっと気取った舞台を選んでみました。せっかく舞台は気取っているのに、料理人の巳口は能天気だし、高級フレンチ好きの戸宇堂は、あくせくお仕事で走り回っているのであまり高級感はありませんでしたね……。

今回攻めをアメリカに行かせてしまいましたが、けっこうその辺の小さなレストランの若いコックさんでも、海外修行経験者がごろごろいることを知ったときは衝撃でした。私はことのほか語学が苦手で、留学だ海外修行だなんだというものは、清水の舞台から飛び降りるどころじゃすまない決心が必要に思えるのですが、夢にかける情熱は憧れますね。

そういえば、人の熱意のすごさを感じたことが他にも一つ。

私の祖父は七十を過ぎてから事故にあい、起き上がることも喋ることも今後難しいでしょうと言われました。そんな中、祖父は毎日懸命にリハビリに励んでいました。

動けない手が動くようになり、ゆっくりでも歩けるようになり、すらすら喋ることができるようになり……九十を過ぎた今、毎日元気に好きな書き物をして過ごしています。

うまく動かぬ自分の体にどんな思いを抱いていたか、散歩につきあうくらいしかできなかった私には計り知れませんが、一度たりとも家族にあたることもありませんでした。寄る年波に勝てず、足が壊死するまでは、トイレも布団の準備も必ず自分でするほど回復した祖父の容体をモデルにしたので、今作で出てきた巳口の父も、ゆっくりとまた元気な姿になる予定です。

なんだかシリアスなあとがきになってしまいましたが、作中巳口の父の件はあまり明るい話題ではありませんでしたので、少し触れてみました。

なにはともあれ、今作を読んでくださって本当にありがとうございました。

皆様にも美味しい出会いがありますように。

最後になりましたが、イラストを描いてくださった三池ろむこ先生へ。想像通りのいじわるそうな社長とカッコ可愛い料理人をありがとうございます！　二人らしい表情に、ラフのときからどきどきさせられておりました。

そしていつもお世話になっております担当様、今回も安定のタイトル難産でご迷惑をおかけいたしました……。担当様からの提案のおかげで可愛い二人を思いつけました、ありがとうございます。

二〇一四年三月　出す機会のなかった戸宇堂の名前。菖蒲ちゃん。　みとう　鈴梨

✦初出　いじわる社長と料理人……………書き下ろし

みとう鈴梨先生、三池ろむこ先生へのお便り、本作品に関するご意見、ご感想などは
〒151-0051 東京都渋谷区千駄ヶ谷 4-9-7
幻冬舎コミックス　ルチル文庫「いじわる社長と料理人」係まで。

幻冬舎ルチル文庫

いじわる社長と料理人

2014年3月20日　　第1刷発行

✦著者	みとう鈴梨　みとう れいり
✦発行人	伊藤嘉彦
✦発行元	株式会社 幻冬舎コミックス 〒151-0051 東京都渋谷区千駄ヶ谷 4-9-7 電話 03(5411)6431［編集］
✦発売元	株式会社 幻冬舎 〒151-0051 東京都渋谷区千駄ヶ谷 4-9-7 電話 03(5411)6222［営業］ 振替 00120-8-767643
✦印刷・製本所	中央精版印刷株式会社

✦検印廃止

ISBN978-4-344-83094-3　C0193　Printed in Japan

みとう鈴梨
イラスト
陵クミコ
「検事はひまわりに嘘をつく」